強い一人っ子の作り方

工藤ゆき

東京図書出版

強い一人っ子の作り方　目次

強い一人っ子の作り方

一人っ子、一人娘というと、蝶よ花よと育てられたため、少々わがままなお嬢様。世の中の方々の印象とはこんなところだろうか。私の場合、この世の中の固定概念に当てはまらなかったのか、未だかつて一人っ子に見られたことが無い。ひどい友人になると冗談は顔だけにしろ、と言われる有様だ。ポジティブに考えれば、気配りができ、空気が読め、わがままではない大人だといえる。が、おそらく、ガサツで大ざっぱな、決して、断じてお嬢様なんて代物ではないところの「一人っ子に見えない」のほうであろう。父は、箱に入れようとどんなに試みても、でかい態度とずうたいが折り畳めなかったのだと、オヤジギャクともつかぬようなことを言う。私が一人っ子に見えない理由の一つに、この父の存在がある。兄弟がいなくても寂しくないよう、お兄さんのような父親であるように努めていたのだと本人は言うが、大嘘である。要するに大人気ない人だったのだ。おやつのいちごのショートケーキを食べようとしていると、半分こしようとそばに来て、こちらが何も返事をしないうちに、上下に半分こし、苺ののったほうを頬張って去っていったり、一緒にシュークリームを作ろうと言ったくせに、全部自分一人でやり、私には一切触らせてくれないまま焼きに入り、失敗するとお前が横でごちゃごちゃうるさかったからだと責任転嫁をする。そんな人が父だったのだ。長年痛い目に遭わされてきたから、美味しいものは早く食べる、ケーキは必ず父が不在の時に食べる、決して父と協同作業はしないとたくましく学び育ってきたのだ。また、父はよく私に嘘をついてからかった。まだ幼稚園に通っていたくらいの頃、大好きなものと大好きなものを合体させると、もっと大好きなものになると教えられ、私が、大好きなエビフライと大好きな白玉のお汁粉を合体させたら、夢のような味になるのかと聞いたら、そうだそうだとけしかけた。パンダが動物園にやってきたニュースを見ていると、横に来て、パンダは四川風の味噌煮がうまいとほざいた（後に、それは、別役実さんの『けものづくし』という小説からの引用だったと知る）。こうして、すぐに人の言うことを信じてはいけないことを学んだ。

父は、自分の都合と気分で、時折いいお父さんを演じてみたくなったりした。あくまで自分の気分で、である。まだ小学校の低学年の頃だったろうか。寝るときに横で絵本を読んでやろう！　と言い出した。小学2～3年の子供に選んだ本は『夕鶴』。父は、与ひょうに、おつうになりきって一人何役もこなしながら熱演した。しかし、相手は眠たい子供だ。難しい話は熱演をもっても分かるわけはなく、眠気を助長させる結果となった。しかし、父はそれを許しはしなかった。「お父さんがこんなに一生懸命お話を読んであげているのに、寝るとは何事か！」と怒り出した。本来、ベッドの横で大人が子供のために読む絵本とは、子供を安心させて健やかな眠りに誘うためのものではないのだろうか。そこに、血沸き肉躍る話、金銭の絡む大人のドロドロした人間関係の本を読み、あげくに寝るなと命令するなど、全くもって本末転倒である。こうして私は、常に相手の立場に立って物事を考えることのできる大人にならなければと思いながら大きくなった。

「全く一人っ子に見えない私」の母は、どういうわけか、絵に描いたような「一人っ子」だ。小柄できゃしゃ、天然でインドアガーデニングを心の友とし、いつも静かな物腰で、病弱ときたもんだ。改めて文字にすると笑えるほどだ。でも、この人も、私を一人っ子に見えなくすることに一役も二役もかっている。

忘れもしない。小学五年の時、我が家にガスオーブンがやってきた。おやつといえば、ホットケーキか白玉団子、頑張ってドーナツだったが、これからは、毎日めくるめくスウィーツが待っているに違いないと、私は人知れず喜びに震えていた。しかし、母は、そんな私の期待をよそに、ガスオーブンで焼き芋を焼いた。「ゆきちゃん、もうお庭で火をおこさなくても、こんなに美味しい焼き芋が食べられるわよ」と言う屈託のない笑みに私は、そうだねとしか言えなかった。見た目は、クッキーを焼いて待っていてくれるような母なのに、「だって、お菓子はきちんと計らないといけないでしょ。お母さん、面倒だもん」と悪びれなかった。そして、「ゆきちゃんが作ってくれたら、お母さんも食べてあげる」と何故か上から勿体をつけてのたまった。こうして、誰よりホールのケーキに憧れを抱いていた少女は、一人で、オーブンと格闘しながら毎週ケーキやクッキーを焼くようになった。今思えば、買い与える方がよっぽど安上がりだったに違いない。好きなように台所を使わせてくれたことは感謝しなければいけない。

母は、お菓子は苦手でも、料理はとても上手かった。彩りや、盛りつけにこだわってレストランの真似事をよくしてくれた。毎日のお弁当もカラフルで、いつも蓋を開けるのが楽しみだった。毎年おせち料理は二人で作った。結びこんにゃくを結ぶのと、かまぼこの飾り切りは早くから任せてくれた。数の子の塩抜きや、黒豆の炊き方といった渋い作業も多分小学生の間に覚えたような記憶がある。お重に詰めていく大晦日、テレビの特別番組を見ながら母とする年越しの支度が、子供心に本当に楽しかった。しかしそんな母は、先に書いたとおり、病弱だった。何故か大好きなこの十二月に入院することがよくあった。わがままで自分勝手な父もまた同様に、体は強い方ではなかった。二人のうちどちらかが入院すれば、自ずともう一方が付き添いになる。結果私が留守番役になるのだ。学校から帰ったら夕食の支度をする。いつもいるはずの母がいない家の中は静まりかえっている。時計の針の音が耳に響いて、寒さとさみしさで押しつぶされそうになった。でも、そんな気持ちを母から教わった料理が救ってくれた。とりあえず、自分がやらなければいけないことがある。それだけで、消え入りそうな心がちょっとだけあったかくなった。上手にできたら、病院に持って行ってあげよう。そんなふうに思えばハリにもなった。

母が入院している時は、父もふさいでいた。いつもの冗談も、大声も出さなくなって、家ではタバコばかりふかしていた。そんな父がある日、私の煮魚を口にして、「寿司屋で食ったら二千円は取られるな」と初めて褒めてくれた。余分なことは山ほど言うが、肝心な言葉は、言わなくても分かるだろうと照れる、一番いけないところの昭和男児。父のこの言葉に、笑いがこみ上げてきたのを覚えている。母がいない家では笑わない父が珍しく笑った瞬間でもあった。

一人っ子には見えない、ガサツで大ざっぱな娘は、こんなふうに出来上がった。

ご飯は大事

よく思い出の味とか、おふくろの味とか言ってはありがたがるテレビ番組があるが、私の場合、そのほとんどが両親の入院となんらかの関係があり、全部が全部ありがたかったり、美味しかったりするものではない。

小学一年生の頃、母親が子宮外妊娠で入院した。新しい兄弟の誕生を待ちわびていた私に、兄弟断念と母親の入院という最悪の結末。私は、原因不明の高熱を出して何日も学校を休んだ。その時、食べなさいと食卓にのぼったのが、グレープフルーツ。まだ、その頃は珍しい代物だった。グラニュー糖をかけて、ギザギザのスプーンですくって食べた。苦い。こんなに美味しそうな顔をしているのに、何という苦さだろう。「いらない」、そう言って私は残した。「高かったのに。日頃から、食べ物を粗末にしても構わないように育てられているから、平気で残すのだ」と父方の祖母に注意され、ますます嫌いになった。

小学四年の時、母が肺炎で入院した。煮物や、焼き魚などから料理を知った私は、初めてコロッケを作った。じゃがいもを蒸す。ひき肉と玉ねぎを炒める。じゃがいもをつぶし、炒めたお肉と混ぜ、小判型に握り小麦粉、卵をくぐらせてパン粉を付ける。コロッケとは、なんと手間のかかる料理だったんだろう。庶民の味でもなんでもなく、これはもうご馳走ではなかろうか！　今まで、気楽にコロッケ食べたい、と言っていた自分にビンタのひとつもしてやりたいなどと思いながら作った。結果、大成功。ホクホクの美味しいコロッケができた。しかし、私は、献立を完成させていなかった。コロッケに集中するあまりに、ごはんを炊くのをうっかりしていた。「飯は?」「味噌汁は?」「付け合わせのキャベツもないのか」と、ないものばかりを父に言われ、撃沈した。私は、悪戦苦闘して散らかった台所で、立ったままコロッケだけでお腹をふくらませた。さすがに可哀想だと思ったのだろう。父もあとから来て、冷たくなったコロッケを残さず食べた。

小学五年生の冬、父が十二指腸潰瘍で入院した。母が夕飯の支度でとんかつを揚げている時に電話が鳴った。父が会議中に倒れて救急車で病院に搬送されたとのことだった。母は、エプロンを外すだけの身支度で、病院に出かけていった。家族三人で食べるはずのとんかつ。いつも、真ん中を父に取られないようにかばいながら食べるとんかつ。味噌汁もお浸しも、人数分テーブルに並んでいるのに自分一人しかいないことがたまらなかった。テレビからは、五輪真弓さんの『恋人よ』がながれていた。油の匂いの残る台所で、私はテレビに向かって（いっしょに）歌いながら泣いた。

高校一年の冬、母は卵巣に腫瘍ができた。摘出手術のため一カ月近くの入院を強いられた。部活で帰りが遅くなるし、勉強もそこそこしなければいけないだろうと、この時は父が台所に立ってくれた。が、父が作るのは毎日毎日「魚すき」だった。それも、鍋に入っていそうな、白菜、春菊、えのきに豆腐を全部一緒のタイミングで鍋に投入し、沸騰したら、切り身の魚をこれまた一気に入れるという雑なものだった。「男の料理」とか「漁師みたいだろ」とか言っては自己満足の父だったが、「日本中の漁師を敵に回すよ」と心の中でつぶやいた。クタクタの春菊はまずく、ほぐれすぎて何が何だか分からなくなっているタラの身が気の毒だった。また、何より、肉が食べたい自分が一番気の毒だった。核家族の母親が欠けると、本当に途端に食卓が惨めになる。食卓が惨めになると、気持ちが塞ぐ。塞ぐと、喋らなくなる。ましてや女子高生と父と言ったら、普通でもあまり会話しないのが常だ。差し向かいで鍋をつついたところで、テレビのボリュームを変えてみたり、チャンネルを回してみたりするしかない。鍋なんかにするから余計さみしさが募るではないか！　美味しければまだしも！　心の中は、父に絶対言えない言葉が渦巻いていた。

思い出の味。散々である。今は、グレープフルーツも好きになったし、コロッケの時も当たり前だが、ご飯のスイッチは忘れない。とんかつは、甘味噌、粗塩、ケチャップソースと三種類用意する。鍋は、家族みんなが揃う時に作る。みんなが揃って、健康で、今日一日の出来事を話しながら囲む食卓が、かけがえのないものだということを十分知っている。ご飯は、大事。両親は、身をもって私に教えてくれた、そう思っている。

焼き芋とバス

入院の記憶の中で一番古いのが、私が三歳の時。父が胃潰瘍を患ったためのものだ。母と毎日バスに乗って病院に見舞いに行くのが不謹慎ではあるが、嬉しかった。私は、不安だったり、嬉しかったりすると大きな声で歌を歌う可笑しなお子様だったそうだ。バスに乗ってお出掛けする嬉しさと、母親が抱えている不安な気持ちを子供心に微妙に察していたであろう私は、バスの中でよく歌を歌った。通勤客の乗る時間を避け、お買い物に行くおばちゃんたちを観客に、お昼前のバスの中は私のオンステージと化した。「ウララウララウララウラで」軽い振りをつけて熱唱した。「逢う時にはいつでも他人の二人、ゆうべはゆうべ、そして今夜は今夜」パッパッパヤッパとバックコーラスもぬかりはなかった。母は、『おもちゃのチャチャチャ』とか、『ぞうさん』などを歌う子供に育てているはずなのに……と思い通りにならない子育てを痛感する日々だったようだ。

バスに乗る時間帯が決まってくると、観客もだいたい似通ってくる。「ゆきちゃんおはよう」

と、たくさんのおばさまに挨拶してもらえるようになった。時には、「『ひとりじゃないの』歌って」などとリクエストも入るようになった。天地真理さんのモノマネをして歌うと皆が笑ってくれるのが嬉しかった。「お父さん早く元気になるといいね」事情を知って、声をかけてくれるファンもできた。みかんやチョコレートをそっとくれるファンにも恵まれた。「入院万歳！」一番状況が分かっていなかったのは私だったかもしれない。お見舞いが楽しくてしょうがなかった。

そんなある日、いつものように意気揚々とバス停に向かう私の手を母は、必要以上に強く握っていた。私は、なんとなくスキップするのをやめて、静かに歩くことにした。いつもと同じ時間。いつもと同じバス。同じ顔ぶれ。でもこの日は違っていた。いつもと同じ座席に腰を下ろしたあと、私の横で母は声を殺して泣いていた。肩が震えていた。必死にこらえて握りしめていた手に涙が落ちた。よく覚えている。「どうしたの？」と聞いてはいけないことが、三歳の私にも分かった。

胃潰瘍で入院している父の具合は、決して楽観視できるものではなかった。私の前では元気に振る舞っていても、父の体にはたくさんの管が刺さっていた。幼い私と二人、毎日どれほどの心細さと闘っていただろう。そんな中、父の体を心配して、父方の祖母がやってきた。そして、胃潰瘍になった責任が母にあると攻めたてた。いつも、おばあちゃんが来た後、台所の隅で、隠れて母が泣いているのは知っていた。でも、今日は、耐えきれなかったのだろう。子供の前では、泣かないと決めていても、溢れてきてしまったのだろう。

歌わない私に、後ろの席のおばあちゃんが焼き芋を半分に割ってくれた。「今日は、お歌お休みして、焼き芋食べよ」まだあったかい焼き芋を私の手に持たせると、おばあちゃんはウインクしてみせた。「お母さん、そっとしといてあげよう」優しい目はそう言っているようだった。「ありがとう」そう言って焼き芋を受け取ったら、もう母は声を殺すのをやめた。焼き芋をくれたおばあちゃんに頭を下げながら、母は泣いた。

バスの中は、焼き芋の甘い匂いと、母のすすり泣く声でいっぱいになった。

車内販売の甘栗

愛知県、濃尾平野のど真ん中に住んでいた私の母の郷は、お隣の三重県、熊野市という海と山に囲まれた自然豊かな所だった。バスでもタクシーでも乗り物に乗ることが大好きだった私にとって、母の帰省の際、三時間半の長きにわたって列車に乗っていられることがとても楽しかった。国鉄の紀勢本線、特急に乗る。背もたれから、お尻を乗せるシートが直角に曲がっているブルーのシートは、長い間座っていると腰が痛くなるような、座り心地がお世辞にも良いと言えるものではなかったが、窓の外の景色と、桑名を過ぎたあたりから来る、車内販売への期待で、私の胸は、はちきれんばかりだった。松阪で売りに来る牛肉弁当が大好きだった。喧嘩になったり、取り合ったりするので、母は、いつも奮発して父と私の分として、二つ買ってくれた。ペットボトルのお茶が出回るようになって、すっかり姿を消してしまったが、駅弁についてくるお茶は、小さなプラスチックのキャップがおちょこのような形状になっている緑茶だった。揺れる車内で、熱いお茶をこぼれないようにキャップに移すのは、なかなかに困難だったが、私はこのお茶が好きだった。赤いネットに入ったみかんと、普段はあまり喜びもしないゆで卵も買ってもらう。非日常が、嬉しくて、どれもこれもがおいしかった。そして、私にとってのメインイベントは、この車内販売で、天津甘栗を買ってもらうということだった。手を真っ黒にしながら、皮をむき、一粒一粒大切に口に運ぶ。甘く香ばしいなんとも言えない美味しさ。列車の中だけで買ってもらえるというスペシャル感もあって、甘栗を食べている時は、ひたすら無口に、じっくりと幸せを噛みしめながら味わった。しかし、残念なことに、父もまた甘栗が大好きであった。牛肉弁当を二つ買ってくれる母も、甘栗は一つしか買ってはくれなかった。袋の中の甘栗の数が目視できるくらいになる頃を見計らって、父は「お父さんにもちょうだい」とグローブのような手を差し出すのだった。泣きたいような気持ちになった。「一個手の上にのせたところでこの手を引っ込めてくれるわけはないよな。かと言って、あと十個もないのに、三つはあげられないな」スナック菓子や、お饅頭とかなら、一気に口に入れるという荒業もできるであろうが、殻付きの甘栗では、それは不可能だ。「私、これ大好きなんだもん」袋の口を閉じて、父に言ってみた。「お父さんも大好きなんだもん」私の言い方を真似て返してきた。ったく、この人の辞書に「譲る」という文字はないのか！「しょうがないな、じゃあ、六個くらいでいいよ」と駆け引きしてきた。ありえない。私は、三つもあげたくないと思っているのだ。倍の六個などあげるわけがない。「お母さん、この人でなしを黙らせて。助けてよ」私は、精一杯潤んだ瞳で母を見つめた。母は、ニコニコしながら「仲良くね」とだけ言って、私の置かれているこの状況が全く分かっていない様子だった。悩んで、悩んで私が出した答えは、「無視」。ひたすら父の手を無視し、黙々と残りを食べた。全部食べ終わってから恐る恐る父を見ると父はうっすら笑っていた。「よかった。怒ってなかった」と私が安心していると、父は次の車内販売で自分のポケットからお金を出し、甘栗を購入した。「ああ美味しい。一人で食べる甘栗は格別だね」などと言いながら私の目の前でこれみよがしに美味しそうに食べた。こんな父親って、いるんだろうか。これが弟ならぶん殴ることもできよう。妹ならひったくって奪うこともできるだろう。しかし相手はオヤジだ。ぶん殴ったりひったくったりしてかなう相手ではない。私は情けなくて、腹がたってしょうがなかった。たかが甘栗、されど甘栗である。年に何回もお目にかかれるものではなかった。現在のように、コンビニのレジの横や、ドラッグストアなどで簡単には買えなかった。これからおばあちゃんちへ行く列車の中で、楽しい気分で、車窓の風景を楽しみながら車内販売の天津甘栗を食べる。その行為、背景、全てが相まって美味しかったのだ。それなのに、このオヤジだけは絶対に許さない。

母は、あまりに子供じみた父の行為に呆れたのだろう。無理やり袋を奪うと、甘栗を五個六個掴んで私にくれた。「ああ！　お父さんの栗！」とわざとらしく叫ぶ父に、「ゆきちゃんで遊ぶのをやめてください。ゆきちゃんと遊んであげて。泣いてるじゃないの」と注意してくれた。母の言い方が面白かったのだろう。周りに座っている乗客の方々から笑われてしまった。

食べ物の恨みとはよく言ったもので、四十をとうに過ぎた今でも父に横取りされた好物の数々を鮮明に記憶している。最後に残したハンバーグやとんかつの真ん中の部分。太巻きの端っこ。冷蔵庫に取っておいたシュークリームに羊羹。それらは、長い時を経ても、決して良い思い出に変化することなく、悔しさと情けなさが生々しく残っているものだ。私の中の、美味しいものへの異様な執着心がそうさせるのかもしれないが、それは紛れもなく父の遺伝子のせいであろう。

そんな苦い経験をもとに結婚した私の主人は、なんでも子供に譲ってあげる本物の大人である。「みんなの美味しそうな顔を見るのが僕にとってはご馳走だよ」と言う。一度、主人の爪の垢を煎じて父に飲ませてやりたいものだ。

妄想族の遊び方

私の幼少期の思い出は、「しのぶちゃん」と「ふじのちゃん」二人をおいて語ることはできない。彼女たちは、近所に住んでいた姉妹で、一緒に登校し、お母さんごっこをした大切な友達である。私の二つ下のしのぶちゃんは、おとなしくて、運動はあまり得意ではなかった。妹のふじのちゃんは、反対に活発で足も速くドッジボールの大好きな女の子だった。学校では、同級生とお母さんごっこ（現在は家族ごっこというらしい）など、絶対にしない私だったが、何故か、年下の彼女たちには寛容になれたのか、何なのか、ごっこ遊びをよくやった。私たちのそれは、まず、キャスティングから始まった。主人公は、可愛く、親孝行な娘。ハンサムなボーイフレンドもおり、成績優秀。その母親は、ギャンブルに明け暮れ、飲んだくれの父親の代わりに必死に働いている。主人公はそんな母親に心から感謝し、一生懸命家事を手伝う。家族のお荷物的存在の父親は、妻の働いてきたお金を奪って、競馬に麻雀、パチンコに羽を伸ばすろくでもない輩……と、今思い出しても、お前たち、テレビの見すぎだ！　と言わんばかりの設定であるが、これを三人でするのである。そんじょそこらのお母さんごっこではない。ほとんどの場合、しのぶちゃんが主人公のよくできた娘、「赤いシリーズ」で言うところの百恵ちゃんの役である。必死に家庭を支える母親の役をふじのちゃんが演じた。私はと言うと、結構大忙しであった。飲んだくれのオヤジを演じたかと思うと、三浦友和演じるボーイフレンドの役もこなさなくてはならなかった。彼女たちに喜んでもらえるよう、全員集合の加藤茶の千鳥足の演技を研究したほどである。私が酔って帰ってくる演技をすると、二人は、役を忘れて笑ってくれた。ふじのちゃんは、「今月も苦しいわ。最近物価も上がって、やりくりが大変だわ」と絶対にお母さんたちが井戸端会議で喋っていたであろうことを盗み聞きして鮮明に再現した。主人公しのぶちゃんは、白血病に侵され、余命三カ月の命という設定にいつもこだわった。血を吐いて倒れるシーン、そこに駆け寄る母親と三浦友和。あまりに真に迫った三人の演技に、掃除機をかけていたしのぶちゃんのお母さんが、本当に倒れたと思い、裸足のまま外に飛び出してきたほどであった。

時に、『エースをねらえ』ごっこというのも我々三人の間で流行った。登場人物は、もちろん主人公の岡ひろみ。そして、絶対外せないのはお蝶夫人である。残る一人は例によって忙しい。ひろみの親友、マキの役、永遠の王子様、藤堂さん。またある時は、いじめ役の音羽さんに扮しなければいけなかった。が、もっぱら私たちがしたいのは、岡ひろみとお蝶夫人のテニス対決であった。はじめは、縄跳びでネットの代わりを作り、バドミントンのラケットで、軟式ボールを打っていたが、ラリーが続かない。ラリーが続かないとセリフが決まらない。一向に面白くならない。そこで、私は考えた。竹竿の先にボールをくっつけたのだ。そしてボール役は黒子に徹してセリフが言いやすいように球まわしをしなければならないのだ。これで、魔球も思いのままである。コント55号の坂上二郎さんと欽ちゃんがテレビでしていたのを真似たのだ。「よくて、ひろみ、私のサーブを受けてごらんなさい」お蝶夫人のサーブは唸りながら回転を利かせてひろみのもとへ飛んでくる。「えーい！」やや大振りながらも、足の速いひろみは追いついて返す。「やるわね、ひろみ、手加減はしなくてよ」お蝶夫人はさらに消える魔球を打つ。「あっ！」ひろみは倒れこむ。「くそ……。どうしたらいいの」すると、ボール係、一旦試合を中断して、回想シーンの宗方コーチになって助言する。「そうだ。私、負けない！」ひろみが立ち上がる。ボール係、素早く元の位置に戻り、試合再開。これが面白かった。年上ではあるが、この時ばかりは、どうしてもお蝶夫人がしたかった。心の奥で、譲ってあげなきゃ……と思いつつ、真面目にジャンケンに興じた。

小学三年、ピンクレディーをお茶の間で見ない日はなかった。私たちは、風呂敷を腰に巻き、画用紙で様々な衣装を作っては体にくっつけ、おたまやすりこぎをマイクに日々ピンクレディーを歌い、踊った。その当時では、少し珍しかったかもしれない。私の家は玄関が吹き抜けになっており、二階に続く階段は螺旋階段になっていた。雨の日は、その階段で『夜のヒットステージ』ごっこをした。階段を下りながら歌を歌い、次の人につないでいくオープニングが、私たち子供にはかっこよく見えてたまらなかった。タオルをかぶったり、新聞紙をくりぬいて手足を出したようなヘンテコな格好をした私たちは、それぞれなりきって、階段を上ったり、下りたりした。

雑木林に入り、山のようにどんぐりを拾い、チョコレート屋さんになった。地面におちた椿の花びらは、重ねてこすり合わせると泡が出るので、石鹸屋さんができた。笹の葉っぱは、三角に折ってキャンディ屋さん。小石も泥で作ったお団子も大切なお饅頭屋さんの商品になった。私たちに、おもちゃなどいらなかった。集まれば、無限のアイデアが浮かんできた。足りないものは、作ればよかった。作れないときは、他の物で代用した。妄想猛々しい私たちは、「おはぎです。美味しいわよ」と差し出された泥団子をよく本気で口に入れては、我に返って大笑いを繰り返した。

しのぶちゃんも、ふじのちゃんも覚えてくれているだろうか。見るもの全てに命を宿すことができた、自由だったあの頃を。

時間という贈り物

楽しい記憶に、誕生日がある。でも、誕生日の思い出を楽しいと位置づけできるようになったのは、誕生日のイベントがなくなってからのように思う。我が家の誕生日は、一般的ではなかった。父も母も私も夏生まれだったことから、夏休み中のお盆あたりにまとめてお祝いをしようと、ちょっとだけおしゃれをして街に出かけた。毎年新作が上映される「寅さん」を家族で観て、外食をする。それが恒例だった。幼い頃からそうだったため私にはいたって普通のことだった。寅さんという映画の選択も、さほど気にならなかったし、しゃぶしゃぶや、お寿司を食べるのも、とても嬉しかった。

事件は夏休み明けの教室で起こった。九月生まれのクラスメイトが自分の誕生日会に誘う友達の選抜メンバーを決めていた。もとより、休み時間はもっぱら男子とドッジボールをしていた私は、全くもって関係のない話とタカをくくっていた。「なんかめんどくさい」もめているふうな女の子たちの顔ぶれを横目に指の上でボールを回していた。すると、彼女たちがたくさんで寄ってきて「よかったら誕生日会にこない？」と誘ってきた。まさかの展開に、「どうして？」と聞き返してしまった。「どうしてって、誕生日だから」とあからさまに不機嫌な顔をされた。「よく分かんないんだけど、誕生日会って何するの？」私は正直に聞いてみた。自分の家がよそ様と若干ずれていることなど知る由もない。誕生日は家族で寅さんなのだ。「ケーキを食べたりプレゼントもらったりご馳走食べたりするのよ。ゆきちゃんちはしないの？」不機嫌全開の中心人物が今度は呆れ顔になった。「へぇ〜すごいね。プレゼントももらえるの？ケーキも食べれるんだ。いいなあ」私は、心からそう思った。今で言うところの「天然」であったに違いない。でも、天然は怖いものなどないのだ。誕生日会に出席すると、ケーキにありつくことができ、さらにプレゼントまでゲットできるのだと思い込んだ。最近のお子様は、生クリームが嫌いだとか、チョコレートが嫌いだとか、訳の分からないことを言うことがあるが、我々のお子様の時は、ケーキのためなら悪魔に魂を売るくらいなんでもなかった。この際、このめんどくさい女子に混じってみようと私は勢いづいた。しかし、「かわいそう。一人っ子なのに誕生日会もしてもらえないの？　パパやママからプレゼントももらえないの？」と集まっていたたくさんのクラスメイトに言われてしまった。そう。私はかわいそうな子になってしまった。話の論点がすり替えられ、そのまま誕生日会の出席は夢と消えてしまった。後から思えば、本当に行かなくてよかったのだが、ド天然の私でもさすがに少々傷ついた。

家に帰り、今日の誕生日会の話を両親にしてみた。父は、珍しく神妙な面持ちで最後まで聞いてくれたあと、「ケーキは食べたらなくなっちゃうし、プレゼントは、飽きたらおしまいだ。でも、お父さんと、お母さんと一緒に過ごす時間は、お前の記憶に必ず残る。今は、まだ難しくて分からないかもしれないけど、寅さん観て、お父さんたちと一緒に笑っているお前なら直ぐに分かるようになるさ。我が家の誕生日プレゼントは、楽しい時間だよ」そう言った。そして、「お父さん今、すごくいいこと言ったな。母さん」と余分も付け加えるのを忘れなかった。「来年からは、せめて、お父さんの観たい映画ではなくて、この子の観たい映画にしてあげましょうね」母は、そう言ってくれたが、翌年も寅さんだった。

私は、ホールのケーキを焼いて自分の子供たちの誕生日をお祝いしている。でも、自分の幼い頃の誕生日を可哀想だとは思わない。楽しかった時間は、今でも風化されることなく、胸に残っている。寅さんは、『スーパーマン』になり、『スター・ウォーズ』になり、『コーラスライン』になった。『スーパーマン』を観た後は、空を飛べるような気持ちになって、やたらと父と右手の拳を空に上げてみたりした。『コーラスライン』は感動して、ステップを踏みながら街を歩いた。タワーに上って食べたクリームソーダの味も、プリンアラモードの味も、忘れてはいない。時間の贈り物は、後から効き目を発揮するようだ。誰にも取られることのない、私だけの時間というプレゼントだ。

大掃除とおむすび

我が家は、年中行事を比較的大切にしていたと思う。お正月、節分、ひな祭り、端午の節句、七夕、お月見にクリスマス。他にお彼岸、お盆。私の記憶の中では、すべてその時に食べたものでインプットされている。ひな祭りにちらし寿司ではなく、手巻き寿司だったり、男の子もいないのに、端午の節句に柏餅を作ったり、冬至の日にかぼちゃのパイを焼いたり、結構ラフなものではあったが、何かしら行事にかこつけては台所で試行錯誤が繰り返された。その中で地味な方ではあるが、大掃除が楽しかったのを覚えている。大掃除が年中行事かと聞かれると違う気もするが、我が家にとっては大きなイベントの一つであった。畳をあげたり、網戸を外したり、家の中がいつもと違う景色になっていくのを手伝うのは楽しかった。また、普段はできない障子を思いっきり破らせてもらえるのは、子供にとっては嬉しかった。障子のさんを水で濡らして綺麗に障子紙を外していく。一度乾かしてから、今度はそのさんに刷毛でのりを塗っていき紙を貼る。余った部分をカッターナイフで切り落とす。父の工作の腕前は、無駄のない実に几帳面なもので、横で見ていて飽きなかった。几帳面なら母も負けてはいない。庭を竹箒で掃くときの神経の使い方は尋常ではない。足跡一つつけたら、懲役何年？　と聞かなければいけないような、ここは龍安寺の石庭か！　と突っ込みたくなるような出来栄えである。そんな中、私のお仕事は、お昼ご飯のおむすびを作ることであった。具は、シンプルに鮭、梅、おかか、昆布。それから豚汁。大掃除の日はいつからかそう決まっていたような気がする。開け放した窓から庭に向かって足を投げ出して、食べるおむすび、白い息を吐きながらすする豚汁。それぞれに午前中の仕事内容に達成感を持って、また若干の疲労もあって、作りすぎたかな、と心配していたおむすびは、いつもすぐになくなった。今なら、こんな時は簡単にコンビニで何かしら買ってきて済ますだろう。もしくはピザを注文したり、ファミリーレストランに行ったりするのだと思う。大掃除にしても、障子の貼りかえや、畳の上げ下ろしなど、今はしていない。随分と楽になったものだ。楽になった分、食事の大切さやありがたさ、暮らす、住まうことへの意識みたいなものがなんとなく希薄になっているような気がする。

土曜日の半日授業を終えて、今から何して遊ぼうかと思いを巡らせながら食べるケチャップオムライス。百点とった時に作ってもらうホットケーキ。お風呂掃除を頑張ると、もらえたミックスジュース。これらも同じ、決してスナック菓子ではいけなかった。コンビニのおむすびでは記憶に残っていなかっただろう。スナック菓子も実に美味しい。コンビニのおむすびも絶品だ。大切なのはタイミング。手を抜く時は思いっきり抜いたらいい。でも、家族の誰かが頑張った日は、家族みんなが揃う時は、ご馳走でなくて構わない、心のこもったあったかい手作りを食べてもらいたい。そう思う。いつか、その味が場面、情景と一緒にきっと記憶に残るように。匂い、味、音といった五感に刻まれた記憶、思い出はつまずいた時、行き詰まった時に必ず救ってくれる。気休めの慰めより奥の方で効き目を発揮してくれる。親が子供にできることって、もしかしたらそんな記憶をどれだけ作ってやれるかってことなんじゃないかと、最近になって感じている。

父とパン

入院の多かった両親だったため感傷的な記憶が多い中、楽しい記憶ももちろんある。父が十二指腸潰瘍で入院したあと、自宅で安静にしなければいけない期間が二週間ほどあった。禁煙禁酒をお医者さんから宣告され、ただでさえ落ち着きのない父に拍車がかかった。胃を三分の二も切り取られ、一度にたくさん食べられない。でも、残っている胃袋はすぐに消化してしまうので、また直ぐにお腹がすく。タバコが吸えないので間がもたない。父は、甘党魔人に変貌を遂げた。家には、ちょうど、私しか使わないオーブンがあった。父は、私が学校に行っている間にパンを焼こうと思い立ったのだった。オーブンに付属でついてきた料理雑誌をバイブルにして、父のパンへの飽くなき挑戦が始まった。

もともと凝り性な父。私が幼稚園に通っていた頃から凧作りに専念し、日本全国へ凧あげに行っていた。幼少の頃の私には、たまに凧あげに連れて行ってもらうと、珍しい凧に近所の子供たちが寄ってくるので嬉しかったものだが、男のロマンは女の我慢の上に成り立つと、母は貯金残高を見ながら、ため息の日々だったそうだ。

そんな父の次なるターゲットがパンになった。これには、母も大喜びだった。「何して遊ばせたらいいか悩んでたのよ。ちょうどいいおもちゃが見つかってほっとしたわ」などと電話で身内に話していた。最初はバターロール。何回も何回も作るうちにかなり上手になっていった。次は、アンパン、クリームパン。自宅で作るカスタードクリームの美味しさと言ったらなかった。鍋で温めながら作るそのクリームのついたゴムベラを、舐めさせてもらったりした。幸せの味だった。

が、父の趣味がこのへんで収まるわけがなかった。季節は真冬だったため、発酵させるのが大変だった。今のように、オーブンに発酵モードがない時代、第一次発酵に、こたつの中や、お風呂場が選択された。家族の分だけ作ればいいものを、近所中のパンを作ろうとするので、家の中は、さながらパン工場となった。父のパン作りが終わるまで、コタツに入れない、お風呂に入れない。そして、完成すると近所に配るという作業が待っていた。「二週間の辛抱ね」とは言いながら、母も私も毎日が楽しかった。パンの焼ける匂いは絶対的に人を優しい気持ちにする。美味しい物ってすごい。作業に関わった時間ごと、煩わしい工程に費やした労力ごと、全部まるごと笑顔に変えてくれる。ご近所さんの待ってました！ の嬉しそうな顔が、入院中にカサついていた家族の気持ちを潤してくれた。

父のパン作りは、仕事復帰と同時に幕を下ろした。熱しやすく冷めやすいのだ。一気に揃えられた道具は、スライド式に私のものとなった。三十年以上経った今でも、当時の道具を使って時々パンを焼く。パンは全くの素人だが、やっぱり、メロンパン、クロワッサン、アンパンにクリームパンは焼きたてが美味しい。子供たちからの一番人気は、シナモンロールだ。パンが膨らんでいく時のときめきは、あの時とおんなじだ。

ビバ！　石油ストーブ

石油ストーブの上にお餅をのせて焼く。ストーブで温まりながらお餅の焼き具合を見る係になる。私が子供の頃にはきっとどこの家庭でも見られた光景だったと思われる。私の母はよくこの石油ストーブでお豆を煮た。大豆にあずき、黒豆に大福いんげん豆（白いんげん）。学校から帰ってくると家中に豆の炊く匂いがしていた。ストーブの柔らかい火は豆をゆすらず、型崩れをさせることなくふっくら炊くのに最適であった。「これ、いつごろ食べられる？」昆布と大豆を甘く炊いたのが大好きだった私は、鍋の蓋を開けては、母に聞いた。一昼夜乾燥大豆をたっぷりの水で戻し、二日かけて柔らかく茹でた後、やっと砂糖で味付けをして、また一晩待ってから醤油を入れてようやく母の昆布と大豆の甘煮は出来上がった。待っていた時間ごと美味しく感じられたものだった。比較的早くありつけるのが小豆だ。何度か茹でこぼしをしてアクを抜いた後、茹でて柔らかくなったら砂糖で甘味を付け、仕上げに塩を少々。ストーブの上で焼いたお餅を入れたり、白玉を入れたりして最後まで楽しんだ。愛知県では小倉トーストという食べ方がある。我が家でも、散々ぜんざいや、おしるこで楽しんだ後、あんこになったものを、バタートーストにのせて食べたりした。それだけではない。ストーブの活躍は無限大であった。包丁で殻に傷をつけて銀杏や栗を焼いた。干物を焼いてつまみも作った。ハイジごっこをしたかった私は、アルミホイルにチーズをのせて溶かし、パンに塗ったりした。また、絶妙な焦げ目のついたトーストも焼けた。冬の間の最高な調理器具、ビバ！　石油ストーブであった。

学校でも、ダルマストーブなるものがあった。休み時間に外で遊んでドロドロに濡れた手袋を授業中に乾かしてくれるのは、大きなダルマストーブだった。乾燥を防ぐために置かれたやかんの中に、給食の牛乳を入れて温めて飲んだ。高校の時になると、男子生徒は、家からお正月の残りのお餅を持ってきて、教室で焼いたりしていた。海苔や醤油やきなこを持ってきて、大騒ぎしているのをよく見かけた。中には、醤油をつけたお餅をもう一度ストーブの上に置いて焼いてしまい、教室の中に醤油の焦げる香ばしい匂いが立ち込めて、「先生にバレる！」と窓を開けたり、下敷きでパタパタあおいだりして、かえって教室を寒くさせるような事態が起こったりした。それでも、ストーブの周りにはなんとなくホッとしている顔、優しい笑顔が集っていたような気がする。かじかんだ手を火にかざす。白い息をはきながら足踏みをする。同じように温まっている友達に「寒いね」と声をかける。「好きな鍋料理って何？」「やっぱりこんな日はおでんかな〜」なんて話題になる。火の周りにはそんなこころがほどけていくような会話が確かにあった。すぐに部屋中が暖かくならない分、寄り添うようになるからだったのかもしれない。芯まで冷えた体がほぐれるまで、ここにいよう。そんなゆっくりした時間の滞留が起こっていたのだろう。

除菌、消臭、アロマとヒステリックに騒ぎ出す前の日本には、各家庭のゆうげの匂いがあった。鼻をヒクヒクさせながら、「今晩なんだろう」と弾んだ気持ちで「ただいま」を言っていた。

石油ストーブが数を減らしていき、消臭スプレーで匂いを消し、代わりに人工的なアロマをつけた除菌された部屋は、なんだかとても味気なく、とても寒い気がする。まだ、昔はよかったなどという歳では、いくらなんでも無いつもりだが、デジタルに進みながら、大切なアナログの時間が、モノが、姿を消してしまっているのは寂しい。

我が家には、薪ストーブがある。焼き芋を焼いていると、美味しそうな匂いが煙突から流れていく。

新しいものさし

私が中学二年の秋、盲腸で入院をした。腹膜炎を起こしかけていて、盲腸のくせに十三針も縫わなくてはいけなかった。盲腸の手術など、手術のうちには入らないと、ベテランの院長先生が『矢切の渡し』を鼻歌で歌いながらの手術であった。院長先生にしてみたら、慣れたものかもしれないが、こちらは、初めての手術である。どうか真剣にお願いしたいと思った。半身麻酔だったため、「でかいぞっ」「よう育っとる」といういらない感想まで全部聞こえた。お腹を開かれ、身動きの取れない状態で、下腹部に引っ張られているような痛みを感じながら、院長先生に殺意を覚えた。

病院にやって来たのは、体育祭、文化祭と続いた最終日の前日の夜だった。練習の時から時々キリキリとした痛みが走ったりしたが、我慢できないものではないと甘く見ていた。明日は文化祭の最終日という時になって、とうとう我慢のできないほどになってしまった。血液検査の結果、すぐに入院し、明日の朝一番で手術と言われた。しかし最終日、私にはどうしてもやらなければいけないことがあった。それが弁論だった。

中学校に入って、すっかり控えめになった成績。それに伴って、生活も性格も引っ込み思案になっていった。机の上に乗らんばかりの勢いで手を挙げて発言し、休み時間は、男の子たちとドッジボールをして遊んでいた私の姿はもうどこにもなかった。そんな私に、夏休みの生活の感想文が良かったからと、担任の先生が弁論大会にクラス代表で出なさい、とスポットライトを当ててくださった。「もっと成績のいい子が出場した方がいいと思います」最初は正直そう思い、先生にその旨を伝えた。「どうして私なんですか？」とも聞いた。先生は「面白そうだから」とだけ答えて後は「頑張って～」と手を振るだけだった。

「ものさし」という文章を書いた。人にはいろんな側面がある。学生時代は、如何せん学力のみの面でその人となりを判断されてしまう機会が多いが、どうかいろんなものさしで測ってほしい。そんなことを書いてみた。勉強ができなくなった言い訳を原稿用紙に面々と書きなぐったような文章であった。それが、その言い訳全開の弁論が何故か優勝した。同病相憐れむ票が集まったのか。私の弁論が悲哀に満ちていたからなのか分からないが、中学代表で県大会に出ることになった。

文化祭の最終日は、優勝者の弁論を全校生徒の前でする日だった。私が欠席すると、繰り上がり式に二位の生徒が優勝者になってしまう。人生の中でそんなに浴びることのないスポットライト。盲腸ごときで渡してなるものか。あんなに嫌がっていた、二の足を踏んでいた私が、この時ばかりは猛然と病院の先生に楯を突いた。「どんなに痛い注射でも構わないので、痛み止めを打ってください。明日のお昼には病院に戻ります」家族も看護師さんも首を振る中、必死にお願いをした。痛み止めは、強力で、私はすぐに元気になった。しかし、弁論に大事な声が出ない。薬の副作用で、唾液が出にくくなっていたからだった。マイクに助けてもらいながら、十分間、私は弁論をすることがなんとかできたが、途中から薬が切れてしまい、弁論終了後、物々しく私だけのために緞帳が降りた。

「ほら、見なさい。無理するからこうなるのよ」と母の声を遠くに聞きながら病院に入り、そのまま手術だった。

麻酔が切れたあと、経験したことのない頭痛に見舞われた。切ったのはお腹なのに、どうして頭がこんなに痛いのか全く理解できなかった。

たくさんの人に心配をかけ、巻き込んで大騒ぎした盲腸も、無事切り取られ、二週間ほどの入院生活。時は、ちょうどロッキード事件の裁判をしていた頃で、ベッドの上で見るテレビは、どのチャンネルにも同じ顔ぶれが出ていた。退屈を訴える私に母は『欽ちゃんのドンとやってみよう！』をつけた。一度、手術を受けたことがある方ならお分かりいただけることと思う。縫ったあと、くしゃみをしたり、笑ったりするとどれだけ痛いか。母も知っているはずにもかかわらず、欽ちゃんを見て、横で大爆笑し、「バカウケ」とか「ややウケ～」と言っては手を叩いていた。私は、そんな非人道的な母の横で、涙を流して苦しんだ。

友人がたくさん見舞いに来てくれた。そこに院長先生が入ってきて「屁、こいた？」と聞いてきた。曲がりなりにも女子中学生である。デリカシーというものはないのだろうか。せめて「まだガスは溜まったままですか」とか、聞いてはもらえなかっただろうか。わがままを聞いてくれ、手術して治してくれたことには感謝するが、ここの先生だけは許せないと本気で思った。幼い頃から、頭を怪我したといっては縫ってもらい、木から落ちたといっては包帯を巻いてもらっていた先生だった。ブランコから飛んじゃった、自転車で三人乗りに挑戦してて転んじゃった、そんな数々のお転婆を知っている先生は、入院中、中学二年の私を小学二年のように扱った。

残念ながら、健康の大切さはそれを失った時にしか分からない。私の場合、自分ではなく両親で思い知ることが度々あったが、やはり、一番辛いのは病気になった本人なんだとつくづく思った。特別扱いをせず、「大丈夫？　大丈夫？」と不安な顔で覗き込むことをしないで、「日にち薬よ」と明るく接してくれた家族や先生は、気が滅入る入院患者の気持ちを誰よりも熟知していたのだと思う。健康は宝だけれど、本当の意味でそれを理解するには、ずっと健康だと難しいなんて、少し矛盾を感じるが、それが本当のところだと思う。

「綿十キロと、鉄十キロではどちらが重い？　こんななぞなぞをみなさんはご存知ですか。答えは、同じ。十キロです。でも、綿は、その柔らかさを、温かさを。鉄は、その硬さを、強さを測ってほしいと思っているのではないでしょうか」。私がした「ものさし」という弁論の冒頭の部分。何となく今でも覚えている。当時は、勉強だけのものさしで我々を測らないでほしいというメッセージだったが、今は、たくさんの人に出会って、いろんな出来事に出くわしながらいろんな側面を切り取れるような、できるだけ多くのものさしを手に入れたいと思っている。私は、図らずも、この時「健康の大切さ」というものさしと、それを知っている人の「優しさ」というものさしを手に入れることができたような気がする。

一人ぼっちでお弁当

高校一年の夏、私は一人ぼっちになった。そのくらいの年頃の女の子にはよくある仲間はずれというやつだ。二週間くらいかけて、じわじわと周りの子たちの様子が変わり、一カ月する頃には完全にはじかれていた。父にも母にも気づかれたくなかった私は、毎朝笑顔で登校した。休み時間は平気な顔をして本を読んだ。小説の中に入ってしまえば一人ではなかった。何冊も何冊も読みあさった。それでも、お弁当の時間だけはそういうわけにはいかなかった。友達同士で席をくっつけて食べるお弁当の時に、一人クラスメイトの視線を背中に浴びながら小説を読み、食事をする勇気はなかった。しょうがなく私はお弁当をもって図書館に行った。しかし、図書館は飲食禁止だ。もとより食欲など微塵もなかった。私は、購買のパンの列に並んでいる同じ部活の同級生の男の子に自分のお弁当をあげた。くれぐれも誤解の無いよう、「食べたくないけど、母がそう言うと心配するから」とかなんとか理由をつけて食べてもらっていた。「ありがとう。今日の弁当もすっげえうまかったよ」屈託のない笑顔で彼は何も聞かずに、空のお弁当箱を図書館で、本を読んでいる私に返してくれた。学校に来て会話をするのは彼だけだった。

「死ねばいいのに」「いなくなればいいのに」「どうして、登校してくるんだろう」「臭い」「汚い」容赦ない中傷は、私が知らん顔をすればするほどヒートアップした。それでも、私は登校するしかなかった。休んでしまったら、二度と学校に行けなくなってしまうと思った。それに、何より奴らの思い通りになりたくなかった。「死ねばいいのに」と思われているなら、絶対に生きていてやろう。「いなくなればいいのに」というのなら、絶対に平気な顔をしていてやろう。そう思って自分を奮い立たせていないと、本当に消えていってしまいそうだった。身長一六五センチの私の体重は四〇キロを切っていた。

いつものように、母が作ってくれたお弁当を渡し、図書館で本を読んでいると、息を切らせて彼が走ってきた。「もう食べちゃったの？」と笑ってみせた私に、「いい加減に、話してくれよ」そう言いながら彼はお弁当箱の蓋を取って私に見せた。そこには、ご飯の上に紅しょうがで「ガンバレ！　ユキチャン」と書かれてあった。「こんな弁当、食えないよ」。長い時間をかけて凝り固まった、氷のようになっていた気持ちが、一気に溢れ出した。紅しょうがのガンバレの上に滝のように涙が落ちた。母は全部知っていた。私が無理して笑っていることも、お弁当を食べていないことも、学校で一人ぼっちだということもきっと全部知っていた。知っていて、何も聞かずにいてくれた。私から話してくれるのをずっと待っていてくれたのだ。

母もまた、私と一緒に闘ってくれていたのだ。「ありがとう。ごめんね」その時私が言える精一杯だった。教えてくれた彼と母に、それ以外なかった。ひとしきり泣いて私は、久々に空腹を感じた。涙でビショビショになったお弁当を全部食べることができた。意地を張るのをやめて、五時間目も六時間目も授業をサボった。「お前、家でゆきちゃんって呼ばれてんのかよ？」何も話そうとしない私に、彼は笑いながら言った。「いい加減、やめてって言ってるんだけど、直らなくてね」と苦笑いする私に、「お袋さんには、全部話したほうがいいよ」と彼は念を押した。彼もまた、両親の離婚問題で悩んでいた。お前の悩みなんて俺に比べれば鼻くそみたいなもんだと笑い飛ばしてくれた。彼が、お袋さんを連発するのにはそんな訳があった。「泣きながら飯食ったことのある奴に悪い奴はいないってさ」そんなことも言った。彼も、何度も何度もそんな思いをしたのだろう。確かに、私の悩みなど、鼻くそのようなもんだ。一人ぼっちなんかじゃない。ものはいつでも思いようなのだ。紅しょうがのガンバレと彼のおかげで私は吹っ切れた。もちろんその後も同じ状況はしばらく続いた。でも体重は四〇キロを超えた。教室で読む小説は、私の国語の成績を少しばかり上げた。一人で過ごす時間にもずいぶんと慣れた。幼い頃に培った妄想癖が本当に役に立った。

多分、でも、とっても辛かった。無理をするのをやめてから、私は母によく喋った。一緒に怒ったり、一緒に泣いたりしてくれた。母は、先生に相談しようとか、こうしたらいいんじゃないかといった提案めいたことを一切しなかった。だから私も気楽に話せたのだろう。そんな配慮がありがたかった。

私も、今、夫や子供にお弁当を作る機会が増えた。美味しく食べてほしい。このお弁当を食べている時、ほんの少しでもあったかい気持ちになりますように。そんな思いで作っている。紅しょうがを並べた母も、きっとそうだったように。

夫婦喧嘩に花束を

私の中の信じられない事実の一つに、「父が教師」というのがある。世の中の「先生」と呼ばれている方々、例えば、政治家、弁護士、検事、医者といった類いの職業の方はある程度ハッタリを利かせるのがうまくないと、務まらないということなのだろうか。その点なら、父はもってこいの人材であるのだが。とにかく、子供のおやつを奪い、いいものをやると言って呼び出して、にぎりっ屁をよこすような父は、国語の教師であった。そして、何故か人気者であった。外面が極めて、極めてよかったことにほかならない。極めてを二回書いたのにはいくつもの理由が存在するが、ここでは、その中のほんの氷山の一角を紹介したい。

大風呂敷を広げるのが大好きだった父は、よくたくさんの生徒、卒業生、先生仲間を家に呼んだ。一人っ子の私からしたら、たくさんのお客さんは嬉しいものだった。中には遊んでくれるお兄ちゃんもいた。小学生の時に高校生のお兄ちゃんたちに仲間に入れてもらって雪合戦をしたり、カルタ取りやトランプをしたのは、夢のように楽しかった。大勢で食べるご飯はまた格別だった。でも、裏方は大忙しだったのだ。私も大きくなって、戦力になるようになると一緒になって遊んでる場合ではなくなった。育ち盛りの腹を満たすために、我が家のキッチンは、給食センターとなった。父がたくさんの来客を連れてくるのは、ほとんど突然だった。

「今月は、何とか乗り切れそうだ」と母が安堵していると、台風はやってきた。「八人、連れて行くからな」と偉そうな口調で電話はいつも一方的に切られた。母と私の頭の中に、カーンとゴングが鳴った。買い出しと仕込み、スタートの合図だ。唐揚げ、フライドポテト、ミートソースのパスタに、おにぎり。酢豚に八宝菜。サンドイッチにフルーツポンチ。二人で分業して、買い出しから二時間。テーブルに手作りの料理が並ぶ。何というチームワークの良さ。一切の無駄のない動き。今思い出しても、本当に私たちはよくやった。そこへ、その苦労を全く知らない父が、八人もの生徒と帰宅。最初に生徒たちにかける言葉が「なんにもないけど、まあ食っていけや」。そして、「つまらんもんかもしれんがこらえてやってくれ」なのである。星飛雄馬の父のごとく、出て行ってちゃぶ台をひっくりがえしてやろうかと何度思ったかしれない。殺意さえわく一言ではないだろうか。大きな声で笑い、楽しそうにしてくれるのは一向に構わない。でもその中に「美味しい」とか「ありがとう」といった言葉はまったく聞くことはなかった。父は、時々台所に来ては「大変だったろ」「ゆっくり休めよ」「後片付けはお父さんがするからな」とご機嫌を取る。そう思うなら、なぜ生徒の前で、あんなことをぬかすのだ！

あなたの広げた風呂敷は、いつも私たちがたたんでるんだぞ！　と口も聞きたくなかった。私でさえこれだけ腹が立つのである。家計をやりくりしながら一生懸命父のために、父が恥ずかしい思いをしないようにと手間をかけて料理を作り、それを何もないと言われながらも、また遊びに来てねと生徒たちに笑いかけていた母の怒りは、いかばかりであったろう。想像するに空恐ろしい。私は、母の苦労を感じながら、結婚する相手は、外面と内面の均整のとれた大人がいい、友達も嫌われていない程度にいる静かな人がいい、家族を一番に考えてくれる人がいい、と思うようになった。

嵐が去って、お片付け。父が何を話しかけようが、私たちは静かに皿を洗った。父は、突然連れてきたことを怒っているといつの時も勘違いし、そのことを詫びたが、「直すつもりもないのに謝らなくて結構です」と母に言われ、行き場を失った。我々が怒っているのはそこじゃない。父の方から気づいてほしかった。しかし、父のその癖は、未だに治らない。

夫婦喧嘩……こんなことがしばしば起こっても、両親が言い争っているのを私はほとんど見たことがない。なんせ父は国語で飯を食っている。だってだってなんだもん、というような理由でも難しい言葉を自在に操り、なんだかそれっぽくしてしまうプロだった。そう、喧嘩をしても勝てないのだ。母はそれが分かっているから喧嘩をしなかった。黙って飲み込んでいたのだ。たくさんの来客のあと、鍋がピカピカに磨かれた。廊下にはワックスがかかった。そして、玄関に真っ赤なバラの花束が飾られた。千円以上の買い物を父に相談するような母が、一万はかるく超えるだろうと思われる立派なバラの花束を買ったのだ。鍋も床も、母の情念で異様に光った。赤いバラもまた、狂気をおびて怪しく咲いた。憤懣やるかたない母のストレス解消だったのだろう。そんなことなど露知らず、のんきな父は「玄関の花綺麗だね」とほざいていた。

コーヒーとトーストと青春時代

社会人二年生のやはり十二月、母が入院した。左手が不自由なことによるちょっとした事故で、骨盤にヒビが入ってしまったのだ。常連の母は、病院の取り計らいで個室に入れてもらった。当時、まだ免許を持っていなかった父は、毎朝出勤前に、自転車で母の病室に通っていた。かなり早朝から家を出ていた私は、父のその行動を知らなかった。仕事が休みの日、私が母を訪ねていくと、ナースステーションから声をかけられた。「もしかして、娘さん?」「お父さんと、お母さん、あんまり仲良しだから新婚さんかなあって私たち話してたのよ」。目が点になるなど通り越して、頭がどんぐりになってしまった。確かに、なんだかんだ言いながら、仲は決して悪くはないが、よその人の前では、無駄に偉そうな態度を取る父が、噂されるほどの仲を見せつけているとはどうしても思えなかった。聞けば、朝はどうしてもコーヒーとトーストがいいとわがままを言う母のために、コーヒーメーカーとトースターを病室に持ち込み、毎朝父が朝食を作ってやっているというのだ。「お父さんは、隠してるみたいなんだけど、朝、コーヒーのいい香りがしてくるし、パンの焼けるチーンて音も聞こえるからバレバレよね。でも、お父さん一生懸命で、あんなご主人いいわねってあなたのお父さん、ナースステーションで大人気なのよ」とのことだった。私は、お世話になっているのに勝手なことをしている両親のことを平身低頭に詫び即刻電化製品を引き上げる旨を伝えた。すると、ステーション内の皆さんがこちらを見て微笑みながら「かまんよ！」と手を振ってくださった。父も父だが、母も母だ、とため息をつきながら、ナースの方々の優しさに胸が熱くなった。そして、ナースの方々の男性の見る目の無さが心から心配になった。

その日の夜、昼過ぎから冷え込み、夕方から降り出した雪が吹雪になった。自転車で見舞いに行っていた父から車で迎えに来てほしいと自宅に連絡が入った。病院に着くと、タバコ臭い息を吐きながら父は何故か後部座席に座った。「ご飯は、病院でお母さんと一緒に食べたの？」「お父さん、看護師さんたちに人気らしいじゃない」などと会話をふっても、「ああ」「まあな」の返事しかない。面白くないので黙っていると、「お前、人の痛みって分かるか？」と急に聞いてきた。「お父さん、分からないんだ。一日ずうっとお母さんの横にいて、お母さんのこと見てるのにお母さんが痛い、痛いって言っても、お父さんは全然痛くないんだよ。長いこと夫婦やってるのにダメだな……お父さん」

寝返りがうてないため、背中じゅうにアザのようなものができてしまい、眠れていないということを、母ではなく、病院の先生から父は聞いたようだった。心配させまいと気丈に振る舞っている母のことを、そばにいながら分からなかった自分を責めているようだった。父は、少し音程の外れた声で、昭和の歌謡曲を口ずさみだした。多分、父は泣いていた。「青春時代が夢なんて〜」語尾が微妙に震えている。何度も経験した母の入院だけれど、こんな父は初めてだった。年をとったということなのか。それとも、もう、こんな姿をさらけ出しても、お前も、分かってくれるだろうということなのか。父の声がかすれる度に、私も、ワイパーの向こう側の景色がぼやけて見えた。「道に迷っているばかり〜」吹雪の中、夜遅くに大声で二人、『青春時代』を歌った……おかしな親子だ……。

育ちの法則

朝食の時、隅々まで綺麗にバターをトーストに塗り、その上に苺のジャムを、これまた隅々まで神経質に塗りたくって何故かそのパンをコーヒーにつけて食べる……という世にも奇妙な癖を持った私の父は、他にも理解に苦しむ癖がいくつかあった。鍋や、ホットプレートなどのみんなでつつくようなご飯の時は、左手から茶碗を離さなかった。右手で取って左手の茶碗のご飯の上に一旦避難。食べながら、視線はいつも鍋の中。誰が何を取るかを観察するためである。何回も申し上げている通り、我が家は三人家族。決して大家族ではない。緊張感をもって取るか取られるかの食卓というわけではなかった。取るのはもっぱら父本人であった。しかし、年の離れたお兄さんが二人いる家庭に育った父の、幼い頃からの習慣はなかなか治らなかったようだ。

十二指腸の手術をしてから食後に薬を飲むのが日課になった父は、その薬の包み紙で毎回器用に鶴を折った。普段、鼻くそを丸めている野太い指先から、想像もつかない美しい鶴が出来上がる。時に、手をつないだ鶴、輪になっている鶴が小さい薬の包み紙で折られた。薬に限らず、チョコレートの包み紙でも、タバコのケースでも、小さい紙を見ると何か折らないと気が済まないようだった。O型、獅子座のこれでもかっというほどの大雑把な父の理解できない癖である。

母にも、困った癖があった。静かになると笑い出す癖である。満員電車に乗ると、一人涙を流さんばかりに笑っている。「こんなにたくさんの人がいるのに、みんな黙ってる」とか「みんな真剣な顔してる」とか。「吊り革が一斉に同じ方向に揺れる」とか。全部当たり前のことなのに、もう訳が分からない。通勤客にもみくちゃにされながら一人、笑い泣きしているのだ。他にも、重たいものを二人でせいので持ち上げなければいけない時に例によって笑い出す。「おならが出ちゃったらどうしよう」などといっては笑い、一向に荷物が片付かない。一番困るのがお葬式だ。喪服に着替えている時から母は笑いが止まらない。不謹慎にも程がある。ハゲ頭に蚊がとまったと言っては苦しみ、前から何列目の人の靴下に穴があいているのを見つけては悶えている。笑ってはいけないと思うと、余計にこみ上げてくるのは分かる。そしてそんな笑いは伝染するのである。だいたい、いつもお葬式の時は、(もちろん大往生の時だけだが)一番後ろの席に正座して、母と母の姉妹、私と従姉妹たちで肩を揺すり突っつき合いながら苦しむ羽目になるのである。

癖というのとは少し違うかもしれないのだが、冬の始まりにクリームシチューが夕食にのぼると、何故か一緒に秋刀魚の塩焼きがテーブルに並べられた。他の日はほとんど和食の時には和食のサイドメニューになるのに。洋食の時に、お浸しや漬物、味噌汁が出ることもないのに、どういうわけか母は、クリームシチューの時に限っては、サイドが浮かばないらしく、時期的に安いものということで秋刀魚になってしまうそうなのだ。「秋刀魚なら、肉じゃがの方がいいんじゃない？」と子供心に思いながらも大好きなクリームシチューを頬張っていた。

ビールの大好きな私と主人。夕食が折衷メニューになることはしばしばある。要するに居酒屋メニューなのだ。お刺身もあればピザもある。フライドポテトに焼きびたしもある、なんてことはざらだ。この夕食の時のビールの癖は直らない。私が家事をしている以上多分永遠に直らない。娘が幼稚園で「いただきますのポーズをしましょう」と先生に言われて水筒のコップを持ち上げたそうだ。そう、我が家は乾杯でごはんが始まるからだったが、先生から聞かされた時は、さすがに顔から火が出る思いだった。それから「いただきます」は家族みんな手を合わせるようにしている。乾杯はそれからだ。癖というのは、人に指摘されるまでなかなか気づかない。でも、それぞれの家庭の習慣として身につくものもあるだろう。娘がためらいもなくコップを上げてしまったように。子供のためにも、生活習慣は気をつけなければいけない。大人の我々が作る毎日の生活が、そのまま子供の「育ち」につながっていくのだから。

走れ！ コロリン パート1

「そうだ、おそれないでみんなのために。愛と勇気だけがともだちさ♪」病院の婦人科の待合室でお母さんが膝に小さな女の子を乗せて、絵本を読んであげようとしていた。小さい子供なら、大好きなアンパンマン。女の子の目は、これからお母さんに読んでもらえる絵本への期待でキラキラしていた。少し離れた席で雑誌をめくりながら、私はなんとなくその親子を眺めていた。しかし、しばらくして、そのお母さんから目が離せなくなった。お母さんの絵本の読み方が素晴らしかったからだ。アンパンマンの時はアンパンマンになりきって。バイキンマンが登場する時にはオリジナルで、ビージーエムまでつけた。ドキンちゃんも憎たらしいほど可愛い声で読み、カツドンマンやてんどんまん、かまめしどんたちが、簡単にやられてしまい不甲斐なかった。アンパンマンも顔を濡らされてしまい力が出ない。アンパンマンのいつものピンチである。手に汗握る演出があまりに真に迫っていて膝の上の女の子は、まさに呼吸するのを忘れているほど真剣な眼差しで絵本の中に入っていた。次のページをそぉっと覗くようなポーズをとったお母さんは、「あぁ！　もうお母さん、こっから読めないわ。アンパンマンが！」と勿体をつけた。「ええっ！　お母さん、アンパンマンどうなっちゃうの？」心配でたまらない女の子は、膝の上でお母さんを見上げながら足をバタバタさせた。「ジャムおじさんの登場よ！　ほらアンパンマン！　新しい顔よ」お母さんがページをめくって読むと女の子は嬉しそうにお母さんと目を合わせて、「それいけ！　アンパンマン！」と拳を上げた。もう、絵本の読み聞かせなんて域ではない。ひとつのエンターテインメントであった。離れた席で雑誌を持っていた私は当時、社会人。結婚も、ましてや子供も考えたことなどない時だったが、自分の体の具合が悪いことも忘れて、いつか子供ができたら、あんなお母さんになりたいと決心にも似た気持ちになった。

そんな親子との出会いも忘れて、数年。私も二児の母親になった。何をするのも遅かった長女のさなえは、ご多分に洩れず幼稚園が大嫌いであった。毎朝繰り広げられる断末魔の泣き声。幼稚園に連れて行く私がそんなに悪いのか。私も毎朝泣いていた。その幼稚園にお母さんたちの読み聞かせサークルなるものがあった。私は、深く考えることもなく、娘に「お母さんも一緒に幼稚園に行くよ」と言ってやれば少しは良くなるのではと考え、そのサークルに入った。いかにも、優しいお母さんの集団。よくできたお子様のお母さん方が教育のために入っているサークル。世に言う「お話読み聞かせ」をするお母さんへの偏見みたいなものが、大変申し訳ないが私にはあった。「なんでもいいや。娘さえ笑顔で幼稚園に行けるようになってくれれば」本当にそんな動機で入ってしまった。

しかし、入ってみると私が抱いていた偏見とずいぶん様子が違っていた。子供の教育のために良い絵本を、というより、自分が楽しいから絵を描いている。厚紙を切っている。音楽をつけている。そんな人たちが多かった。「家にいてもさぁ、イライラするばっかりじゃない。ここに来てあ〜でもないこーでもないってしゃべってる方が気が紛れていいのよね」そんな話をするお母さんの背中には三人目の赤ちゃんが眠っていた。「大人になってから、大きな紙にお絵描きするなんて、なかなかないじゃない。楽しいわよ〜」牛乳の紙パックをパレット代わりにして模造紙にプロ級の絵を描いているお母さんもいた。カラフルな毛糸で手作りされたピエロのようなカツラをつけて、鬼の役になって絵本を読んでいる人もいた。面白い！　私の素直な感想だった。ずっと忘れていた一番自分らしい世界が目の前に広がっている気がした。そして、病院で見かけたあの親子が頭の中に映像となってフラッシュバックしてきた。

大勢のお母さんで構成されているサークルは、お絵かき班、お話班、小道具班にざっくり分かれていた。何の取り柄もない私は、お話班の辺りをウロウロしつつ、子守当番をしていた。一番初めに読んだのは、『からすのパン屋さん』だった。ストーリーを読んでくれるお母さんの横で、カラスの役をするのが私の初仕事だった。「子供たちは、本当に正直者よ。面白くないとすぐゴソゴソしてくるし地面に指で何かいたずら始めちゃうからね」と先輩のお母さんが教えてくれた。「その代わり、面白かったら吸い込まれるような瞳でこっちを見てくれるから。頑張って。子供たち、釘付けにしちゃってね」緊張をほぐしてくれているのか、敷居を上げてくれているのか、先輩ママさんは、にいーっと笑って手を振ってくれた。

「静かにしましょう」「手はお膝」そんな注意は一切いらない。「お話コロリンさんだよ」と入っていったら、子供たちは一瞬で静かになった。これには驚いた。今までの先輩コロリンさんたちが、この子供たちの瞳に嘘をつかなかった、期待を裏切らなかった証拠なのだろう。三歳児を前にして、私は、緊張感マックスだった。

子供たちを驚かせたい。喜ばせたい。いっぱい笑ってほしい。大人たちが、寄ってたかって真剣に考え、練習に練習を重ねて本番に臨む。このスタイルは、本当に素晴らしいと思った。絶対に子供だからと侮ってはいけない。自分の子供も混じっている。世界で一番正直な観客を前に、ごまかしは通用しない。お話コロリンのお母さんたちは、みんな真面目なコメディアンだった。

娘のさなえが、泣きながら通園すること一年半。年中になって、やっと普通に幼稚園バスに乗ることができるようになった頃、主人の転勤が決まった。仕方がない。「お父さんのいるところがお家なんだよ」と子供たちにも言ってきていた。新しく住む場所と、新しく通う幼稚園を決めなければいけなかった。娘は、「コロリンある？　ねえ、コロリンある幼稚園にしてほしい」と何度も言った。子供の希望に応えたいと思った。でも、それを叶えることは、非常に難しかった。

新居から子供と歩いて十分のところに、幼稚園はあった。次の春からは、弟の亮も通うことになる幼稚園だ。働いているお母さんが多いためか、サークルらしきものはなく、かろうじてママさんバレーが存在していた。引っ越し先に着くまでグズグズ言っていたさなえも、諦めたのか、友達がすぐにできたのか、こっちが拍子抜けするほどすんなり幼稚園に行ってくれるようになった。前の幼稚園の経験が忘れられずにいるのは私だけだと思っていた。

凪の冷たい二月、新しく入園する子供たちの幼稚園体験の催しが行われた。さなえの様子を見るためと、亮の体験のために私は、息子と手をつないで幼稚園に行った。先生たちが、人形劇をしてくれた。手遊びもしてくれた。年長さんによるお歌の披露もあった。しかし、観客席の子供たちは、ほとんど下を向いてイタズラをしたり、おしゃべりをしていた。「静かにしましょう」「こっちを向きましょう」「先生たち、一生懸命頑張りました」そんな声が飛び交った。偉そうなことを言ってはいけない。ちょっとお話読んでたくらいで、ペープサート作ったくらいで、人形劇していたくらいで、思い上がってはいけない。いけないいんだ。園児の様子を見ながら、私は必死に自分を抑えていた。息子は、小さな寝息を立てて私の横で眠っていた。歓迎会らしきものが終わってお開きになった後、園児たちは、寒空の下、園庭に出て遊んでいた。私はすっかり眠ってしまった息子をおんぶして、さなえの姿を捜した。ほとんどのお母さんが帰ってしまった頃、やっと砂場にさなえを発見した。さなえは一人で遊んでいた。「さなえ」と声をかけると、さなえは「お友達の砂山よ」と言って寂しそうに笑った。前の幼稚園を忘れていないのは、この子も同じだったんだ。引っ越しで忙しい私に気を遣っていたのだろうか。小さな子供に、気を遣わせてしまっていた自分が許せなかった。

「さなえ。お母さん、コロリンやるよ」私は、思わずそう約束してしまった。

走れ! コロリン パート2

一旦火がつくと、もう猛烈に燃えていた。一人で一体何ができるのか。越してきたばかりで、友人の一人もまだいない町で。普通の大人なら考えそうな心配を、その時私は一切考えなかった。さなえを迎えに行くついでを装い、園長先生に交渉を開始した。「ほんの十五分ほどで構わないんです。クラスに入って、ちらっと絵本を一冊読ませていただけないかと思いまして。毎週火曜日は、絵本の貸出日とうかがいました。幼稚園の絵本を紹介するような形でも構いません。お帰りの前の先生方の邪魔にならない時間を拝借できないでしょうか」笑顔の裏に、必死の形相が見え隠れしていたに違いない。絶対に断られないように、園長先生に快く頷いてもらうために、どんなことでもやりますの勢いだった。交渉すること、三十分。あくまで幼稚園の業務に差し障りの無いようにという条件付きで、オッケイを頂いた。

場所を確保してから、勉強を始めた。私一人でできること。二十人あまりの園児をこちらに惹きつけること。学生の時にこれだけ勉強していたら、もっとマシな大人になっただろうに。目標があるというのは本当に強かった。主人の力も借りて色々な小道具を作り、私は前の幼稚園のコロリンの代表者に連絡を取った。いざ始めるに当たって、度胸試しをしておく必要があった。子供二人を車に乗せ、たくさんの絵本と小道具を積んで高速を飛ばした。久しぶりに懐かしい友達に会えるとさなえも亮も大喜びだった。土曜日の幼稚園、わざわざコロリンのために開けて待っていてくれた。まず、私はそのことに驚いたが、コロリンのメンバーほぼ全員がそろってくれていたことにも感激した。手作りの紙芝居、パネルシアターを披露してくださった。知恵も勇気もたくさんもらった。「もう、あなた自身がコロリンだから。自信持って！」と背中を押してもらった。一人ではじめる無謀さを呆れている人はいなかった。

まずメンバーを募ってから始めると思っていた園長先生は、たった一人で何やらいっぱい持って年長のクラスに入ろうとする私に驚いていた。もちろん告知はしていた。お母さんたちに、「こんな活動を始めるので、興味のある方は是非見に来てください」と。どんなことをやるのか、生を見ていただくのが一番早いし、間違いがないと思ったのだ。キャラクター勝負の一発目。これでしくじったらおしまいだ。私は、前の晩、一睡もできなかった。絵本に手遊び、ペープサートをしてみせた。珍しい生き物でも見るような目で子供たちは私を見た。声を変えて絵本を読むと、私の後ろにもう一人隠れていると思うのか、確認しに来る子供もいた。純粋な反応が可愛かった。驚かせるつもりが、こちらが驚きの連続だった。

とりあえず、子供たちには受け入れてもらえたようだ。

しばらくして、新居のご近所さんが仲間になってくれた。心強い友人になった。年長さんを三クラス一人で回ったところで、もう一度募集をかけてみた。可愛い四人のお母さんが、お絵かきが得意、縫い物が得意、子供が大好き、と言って入ってくれた。

最初、みんな「恥ずかしい」といってなかなか声が出なかったが、クラスに入って子供たちにウケル快感を一度味わってしまうと、大人しそうなあなたのどこに、そんな一面が隠れていたの？　と聞きたくなるほど、ご近所さんも、四人も芸達者であった。まるで部活のように公民館の一室を借りて、毎日練習に、制作に励んだ。「作る」という作業は、楽しい。料理でも紙芝居でも、知恵を出し合って一つの目標に向かって作り上げていく工程はメンバーの一体感につながった。料理なら、食べてくれた人の「美味しい」の声や笑顔が嬉しい。コロリンなら、子供たちの笑顔、笑い声、「また来てね」が我々への勇気となり、ご褒美になった。先生の促す「ありがとうございました」はいらなかった。言わされたありがとうより、「今度いつ来る？」「またお話読みに来てね」の子供たちの自由な声が私たちには嬉しかった。絶対に裏切ってはいけない。侮ってはいけない。嘘をついてはいけない。迎えてくれる子供たちを前に私たちは、言葉にしなくてもみんないつの間にかそう思っていた。

コロリンの活動を始めて、一年が経つ頃、ピアノの先生が入ってきてくれた。彼女が仲間に入ってくれたおかげで、お話の世界が一気に深まった。コロリンの象徴のキャラクターもできた。コロタンというおさるさんのパペットだ。幼稚園の枠から飛び出して、図書館や地域の催しに呼ばれるようになった。みんなでひと月五百円ずつ集めて、画用紙やフェルト、マジックを買っていたが、規約を作り、会計係を決めて、地域から少し補助が出るようにもなった。役割も大体決まってきていた。お絵かきならカズちゃん。裁縫のやっちゃん、ときちゃん。マネージャーのちかちゃん。かぶりものならゆみちゃん。バックミュージックにさっちゃん。私は、もっぱら台本を作っていた。私の作ったお話に、みんなで色付けをした。登場人物（人物ではなく、犬やサルなどの動物もいるが）を作り背景を描き、それに合う音楽をつけた。たぶん、みんな子供たちのためにという大義名分のもと、一番自分が楽しかった。でも「やっている人間が楽しくなければ、見ている子供たちが楽しいはずがない」と迷いもなかった。

コロリンが走り始めて、二年目のクリスマス。図書館で行ったクリスマス会には、百名を超える親子が、コロリンに、コロタンに会いに来てくれた。たった一人で、始めたことが嘘のようで、仲間みんなの情熱が、これだけの人を集める力になったことが嬉しくて、胸がいっぱいだった。

泣き虫のさなえも小学生になり、弟の亮も卒園が迫ってきた頃、また三度目の主人の転勤が決まった。

仕事をしながら、一番最初から力を貸してくれた近所のときちゃんに転勤の決定を打ち明けた。ときちゃんは、「みんなで守っていくよ。コロリンは大丈夫」と笑ってくれた。

コロタンの声を担当していたのが私であったため、「さようならコロタン」のお話会をしようということになった。公民館に、またもや親子がたくさん集まってくれた。その後メンバーみんなが手作りのお別れ会をしてくれた。

あの頃、高校生の時よりも、ずっと青春していたような気がする。子供のためとはいえ後先考えない無鉄砲な行動、勢い。どうしてあんなことができたのか、振り返っても信じられない。お話を子供たちに読む活動は、形を変えて、今でもほそぼそと続けている。「お母さんの読み聞かせは、読み聞かせじゃない。あれは、演芸だね」とさなえは言う。声を変えたりするのは、聞き手の想像の妨げになるので、しない方がいいとおっしゃる方もいる。そうかもしれない。でも、私の中には、アンパンマンをエンターテイメントにしたお母さんの衝撃が残っている。一人称は、必ず子供（聞き手）。彼らを驚かせ、喜んでもらうために何が必要か、一生懸命考えて、臨むスタイルは、料理にしても、お話の世界でも変えないでいこうと思っている。

おはよう。おむすびさん

給食が嫌いで、幼稚園が嫌いな長女のさなえが、はりきって幼稚園に行く日。「遠足」。何日も前から、お弁当の中身を私に確認し、リュックの中に入れるものを出したり入れたりして張り切っていた。弟の亮は、全身で喜びを表現しているおねえちゃんが羨ましくてたまらなかった。毎朝暗い顔をしながらも制服に袖を通し、カバンを背負って幼稚園に行くおねえちゃんがかっこよく見えていた。「ぼくも、幼稚園行くようになったら、あの服着る？」「あのカバンももらえる？」同じことを何回も聞いた。おねえちゃんにとって嫌で嫌でしょうがない幼稚園が、亮にとってはワンダーランドのように、イメージが膨らんでいたのだろう。そのワンダーランドが、今日は遠足。亮は一緒に行きたい、行きたいと駄々をこねた。でも、当然その願いはかなわない。前の晩ずいぶん泣いてぐずったせいで、当日の朝はゆっくり起きてきた。

「おはよう」大きめのパジャマをひきずって腫れぼったい目であいさつ。

「お姉ちゃん、遠足行った？」あくびをしながら亮が聞いてきた。「うん。今朝は、いつもと違って元気に行ったよ。ほら。亮君にもおねえちゃんと同じ、おむすびだよ」私は、そう言って亮に三色のおむすびを朝食にと差し出した。「わあ！　かわいい！。君たちは、遠足に連れて行ってもらえなかったの？」なんと亮、見るなりおむすびに話しかけた。「かわいそうに。でも大丈夫。ボクがちゃんと食べてあげるよ」そう言って、一個ずつのおむすびの頭を撫でてやったりした。もう横で、アイロンをかけている私の姿は彼の目に映っていなかった。遠足に行きたくても連れていってもらえなかった自分と、おねえちゃんのお弁当になれなかったおむすびとは、一瞬のうちに固い友情で結ばれた。「どれから食べよっかな～」椅子の下でブランブランしている足が嬉しそうだ。「どれにしようかな。天の神様の言うとおり」と歌い、またしばらくして「オトトノト」「鉄砲撃ってバンバンバン」「カキノタネ。ゆりのはな」。歌はいつまでも続いてなかなか決められなかった。

「決めらんないねぇ」あまりにおむすびに感情移入をしすぎて、亮は決定権を失ってしまった。「ボクから食べてよぉ」アイロンがけをしながら、ちょっとイタズラをしてみた。声を変えておむすびになってみたのだ。「ちがう！　ボクからだよ」椅子の下で元気に揺れていた短い足が、ピタッと止まった。大きなおめめは、こぼれ落ちそうになっている。すぐ隣の部屋にお母さんがいるのに、何故か辺りをキョロキョロ見渡している。「うそっ」小さい声が聞こえてきた。「ケンカしちゃダメ」と亮。そして、三つのおむすびを両手でぎゅうっと一つの大きなおむすびにして「これで仲直り」と言うとおむすびを食べ始めた。手にも、ほっぺにもいっぱいご飯粒をつけて。

今でも、亮の好物は、鮭のおむすび。シンプルイズベストなのかもしれない。また、おむすびを頬張る時は、いつも空腹だからなのかもしれない。いい顔をして食べてくれている。

中学になって、もうおむすびと話をしたことなど、忘れてしまっているだろう亮は、今朝も早朝からたくさんの朝ごはんを食べて登校していった。小さい体に、大きなスポーツバッグと学生鞄をかけて。

「たくさん食べて大きくなあれ」あの日、おむすびになったお母さんはいつもそう思って、見送っている。

パンのみみ揚げたやつ

娘がまだ小学校の低学年の頃、彼女は授業中は気配を消すことに全力を費やしていた。私は、先生に出された問題が分かろうが分かるまいが机の上に乗らんばかりの勢いで、「はい！　はい！」と手を挙げていたが、娘の場合は真逆であった。なので授業参観などに出席しても特にハラハラすることもなく、後ろの掲示板をゆっくりと見たり、クラスの雰囲気を客観的に参観できた。私の母が味わったであろう非常にエキサイティングな参観とは違っている。その日は「お母さんにありがとうを言いましょう」みたいな、取ってつけたような道徳の時間だった気がする。お母さんのお仕事は何かと聞いていた延長に「お母さんの作ってくれるものの中で一番好きなものは何か」という話になった。男の子の大半がハンバーグ、カレーライスと発言する中、女の子は苺のショートケーキ、プリン、とデザート系に人気が偏った。こういう時にウケを狙って何か面白いことを言う子ってクラスに一人ぐらいいないのかな、何かつまんないな、と不謹慎な参観をしていると、なんと娘が手を挙げていた。「嘘！」さっきまでの感情とはうらはらに、どうか無難な答えをしてくれと祈ってしまった。いつも絶対に手を挙げない子が手を挙げたのだ。先生がそれを見過ごすはずがなかった。「まぁ。さなえさん、今日はお母さんが来られたので張り切ったのかな」などといらない前フリまでくっつけられてしまった。ひきつった笑顔で私が見守っていると、娘は「パンのみみ揚げたやつ」と言った。

どうして、数あるレパートリーからそれがチョイスされなければならなかったのか。自分が作ってもらえなかったケーキやクッキー、プリンにパイ。お母さん今まで頑張ってきたつもりだったのに。クラスの中は、普段全く手を挙げない子が発言し、かつ他の子たちと違う系統の回答をしたことで妙に盛り上がってしまった。先生は、「食べ物を大切にしているのですね。先生が子供の頃はよくそんなおやつを食べましたが、最近はあまり聞かなくなっていたので、なんだかとっても懐かしい気持ちになりました」と感想まで付けてくださったが、褒められている気が全然しなかった。娘はというと、自分の回答でなんでそんなに盛り上がっているのか、全く分からない様子で、顔を真っ赤にし、もう地肌まですごいことになっていた。彼女にとっては、一世一代だったのだろう。家に帰ったら褒めてあげなければ、と少し自分の気持ちを反省した。

帰ってきた娘によると、「授業参観の前日に、先生から明日は、できるだけ手を挙げて発言しましょう。みんなが元気よく手を挙げているところをきっとお母さんもお父さんも見たいと思っていると思いますよ」と、やらせ行為があったようだった。先生の気持ちも分からなくはないが、いつも通りで、いいんじゃないかなぁと感じた。授業参観は、子供が普段学校でどんなふうにしているのかを見に行くのであって、決して無理やり手を挙げさせられている姿を見に行くことではないだろう。「お母さんは、さなえがちゃんと授業を聞いているなら、手を挙げなくてもいいよ。授業への参加の仕方は人によっていろいろだからね。でも今日は頑張ったね」と話した。娘は、かなり安心した様子で、「もう二度としな～い」と床に寝っ転がった。

「ねえ、なんでパンのみみ揚げたやつだったの？」と私は、一番聞きたい事を思い切って聞いてみた。「固くて嫌いだったもんパンのみみ。揚げてお砂糖かけたらすっごく美味しくなったからびっくりしたんだもん」。なるほど。美味しくて当たり前のケーキより衝撃的だったということか。おそるべし、子供の味覚！　そして感覚！

おやつにパンのみみを揚げて出す時に「フライド・アラ・ブレッドイアーよ」と教えておくべきだった。

夫婦喧嘩に大根おろし

夫婦喧嘩とは、だいたい今も昔もたあいもないことから始まるものだ。誠にもって残念なのだが、私は、頭の回転がちと鈍い。後からよくよく考えてみると、どうにも理不尽なことを言われていたものだ、と気づくタイプで、一人やり場のないいらだちに苛まれなければならなくなる。頭の先から爪の先まで理系が服を着て歩いているような主人は、常に理路整然と話をする。右脳でのみ人生をなんとなく渡ってきた私が、口で勝てる相手ではない。「だって、分かんなかったんだもん」などと抵抗してみても四十をとうに過ぎたおばさんが可愛いわけもなく、理論の壁に囲まれた狭い部屋に閉じ込められて、くるくる回るしかないのである。

そんなボーっとした私の友人には、やはりしっかりした、きちんと自分を持っている女性が多い。そんな彼女たちに「主人にこんなこと言われてね」とやり場のなかった気持ちを漏らしたりすると、ものすごい剣幕で共感していただける。勇気百倍だ。そして友人からたくさんの知恵を貸していただける。そうか。こんな時はそう言えばいいのか。なるほど。そんなふうに切り返せばいいのか。すごいなあ、と感心しきりである。しかし、いざ実際にその場面になっても、授けてもらった知恵が全く使えない。なんせにわかづくりの抵抗である。自分の頭で考えて作っていない言葉たちはアドリブが利かない。かえって逆効果になってしまうこともある。理系頭に文系人間は一生勝てないのか！　右脳は左脳に頭が上がらないままなのか。一度でいい。何故自分がこんなに怒っているのか、きちんと説明し、かつ相手が黙ってそれを聞き、全部言いたいことを吐き出した上で心からの「ごめんなさい」を引っ張り出してみたいものだ。どんな爽快感であろう。味わってみたい。くだらないボケには間髪入れずに突っ込むくせに。本当にどうでもいいところでは、打てば響くのに、肝心な箇所がスコーンと抜けている。最近は、男女問わず何かと習い事やら資格取得やらが流行っているが、「屁理屈のこき方」みたいな講座はないものだろうか。「すぐに使える倍返し法」とか「夫婦喧嘩必勝法」みたいなテキストはないだろうか。まず喧嘩をしないで済む方法を考えたほうがいいのは分かっている。基本的に追求する箇所が違うのもうすうす気づいてはいる。が、悔しい気持ちはなかなか治まらない。

そんな私が、無い知恵をしぼって、最終的にした主人へのささやかな抵抗。それは「必殺、お弁当に大根おろし！」。口では勝てない、理論で押し通せない私の、私らしい必殺技である。営業車の中にこもった大根おろし臭は、大変なことになったようだ。昼過ぎに主人からメールがきた。「僕が悪かったです」
口下手な主婦にお勧めの技である。

たまごサンドはリビングで

大きな声を出すわけでもなく、子供たちがいたずらをした時も静かに理由を聞くところからはじめる私の主人は、不思議と子供たちから怖がられている。怒鳴りつけることも、ましてや手を上げることなど絶対にないお父さんを何故怖がるのか分からないのだが、かく言う私自身も実は、少し怖かったりする。多分、いつも正しいからなのだろう。そしてそんな人に叱られる自分は、絶対に間違っていると追い詰められたような気分になるからではないかと思う。

よくお父さんのような人と結婚したい、とか、好きになった人はお父さんに似ている、などという話を巷で耳にするが、私は、断じて違っている。すぐに大きな声を出し、怒鳴りつけ、相手を威嚇する。理由を聞く前に張り倒す。それが私の父の教育のスタイルだった。外面のみの父を理解している人たちからは、私も母も、羨ましい、幸せ者などと噂されたりもしたが、冗談はよしこちゃん甚だしい。しかし、ここまでこき下ろしておきながら、矛盾していると思われるかもしれないが、別にそれほど父を嫌っていたわけではない。私の体には父からもらったたくさんの血が波打っている。もとよりこうして原稿用紙に向かって取るに足らない話を書いていること自体、父からの授かりもの以外の何ものでもない。そう、配偶者に父を求める前に、私が父に似てしまっていたのだ。子供とゲームをしていても全力でやってしまったり（まぁ、子供の方が強いのだが）、夏休みの自由研究を子供より楽しんでしまったり、やたらと自宅に人を呼んだり。大人気なく、無駄に目立ちたがり屋なおっちょこちょい。悲しいくらいに父なのである。そんな私がさらに父のような男性を選んだら、もう無法地帯である。幸い、そのことには気づいていた。自覚があった。よって、現在に落ち着いている。

話がそれてしまったが、優しいのに怖がられている主人は、仕事で時々出張する。そんな時、子供たちは一様にちょっと嬉しそうな顔をする。「お父さんのことは大好きなんだけど、なんだけど」と言う娘の気持ちはよく分かる。言葉にするのは難しい。私も幼い時、父のたまの出張が大好きであった。出張と分かった瞬間から家の中に立ち込めるなんとも表現できない解放感。これは一体なんであろう。帰宅時間に合わせてお風呂を沸かしておかなければ、夕食の準備を整えておかなければ、家の中を不愉快でない程度に片付けておかなければ、などなどから一切解き放たれた瞬間である。こんなふうに書くと、さもいつもきちんとやっているように聞こえるかもしれないが、別にそういうわけではない。わけではないが、そんな気がするのである。そしてその解放感は母親から目には見えない周波となって子供たちに伝わるのだろう。

よってお父さんのことは好きだけど、ちょっと嬉しい、になるのだ。

まだ私が幼かった頃、父がいない日の夕食は、大きなテレビのあるリビングだったりした。家具調テレビの陣取っている応接間と呼ばれるその部屋で、パジャマ姿で母と食べる夕食はなんだか嬉しかった。そして、また夕食にサンドイッチや、唐揚げではなくフライドチキンを出してくれたりした日には、もう大はしゃぎであった。応接セットのソファーの上でぴょんぴょんしていたに違いない。母も、夕食時にコーヒーや、ビールを飲んでいたように思う。

我が家のサンドイッチで、よそ様と違うのが、たまごサンドだ。ゆで卵を細かくしてマヨネーズで和えた具を挟む一般的なものではなく、一センチくらいの厚みのある卵焼きを軽くトーストしたパンの上にケチャップソースと挟むものだった。私はこれが大好きだった。解放感に満ち満ちたリビングで、解放感に浸っている母と夕食に食べるたまごサンドは、特別な味だったのだ。大好きな人と、大好きなシチュエーションで、大好きなものを「美味しいね」と言いながら食べるものは、必ず美味しい。間違いない。一人で同じものを食べるより格段に美味しい。

私は、どうしてもスイカを半分に切ったものを、抱え込んでスプーンですくって一人で食べてみたかった。三人家族では多いからと買ってもらえなかったことと、例によって父からの妨害がいつも入るからである。誰にも邪魔される事無く、心ゆくまで一人で味わってみたかったのだ。しかし、どうしたことだろう。美味しくなかった。直ぐにお腹がいっぱいになってしまったのだ。奪い合いながら必死になって自分の食いブチを確保したスイカはあんなにも美味しかったのに。非常に悔しい話だが、父との喧嘩も味のうちだったということなのだろう。

ただでさえ三人という少人数の食事。一人欠ける事で寂しい気分にならないように、お父さんが出張の時も、子供と楽しくごはんを食べる工夫を、母はしてくれていたのだろう。私も、真似をして、テーブルの向きを変えてみたり、床にピクニックシートを敷いてお弁当のような夕食を作ってみたりした。子供たちが小さかった頃は大好評だった。でも、あんまり演出が過ぎると、お父さんの立場が微妙になるので、そこんトコロは程々にしないといけない。

大丈夫。大丈夫

近所のスーパーに買い物に出かけた。レジにできた長い列の一番後ろに並んだ。その日は特売の日で、かつタイムセールの時間と重なって店の中は混雑を極めていた。どれくらい並んでいるのかなぁと背伸びをして前を見ようとした時、私のすぐ前でお母さんに抱っこされている三歳くらいの男の子と目が合った。恥ずかしがり屋なのか、すぐにお母さんの胸に顔をうずめた。ふと見ると、赤ちゃんが乗せられるカートに三カ月になるかならないかの女の子が寝かされていた。お母さんは抱っこ紐でお兄ちゃんを抱き、左手でカートを揺すり、右手にたくさん買い物したものを持っていた。きちんとお化粧をし、綺麗な服を着ていた。子供が小さいのに、きちんとしていてえらいなぁ、私は、ジャージに毛の生えたような格好で、すっぴんで、生活感満開で買い物してたよなぁ、などと、振り返りながら前の若いお母さんに感心していた。

しばらくすると、カートに寝かされていた赤ちゃんが泣き出した。無理もない。人ごみの中、長時間、硬い椅子に寝かされていたのだ。オムツを替えてほしいのかな。おっぱいが欲しくなったのかな。泣き声が甘えていて可愛かった。でも、お母さんは、それどころではない。どう見ても下の子用に持ってきたはずの抱っこ紐にくくられて抱かれているお兄ちゃんは、お母さんから下ろされまいと必死にしがみついている。たくさんの買い物は手に食い込んでいる。あまり外に出られない分まとめ買いをしたのだろうが、小さい子を連れての買い物は、予想をはるかに超えて体力がいるものだ。赤ちゃんの泣き声はどんどん大きくなった。周りに並んでいたお母さんたちが、みんなで赤ちゃんをあやしだした。みんな、経験者だ。大変なのはよく分かる。「ガンバレ！　お母さん！」きっとみんなそう思って赤ちゃんをあやした。

「荷物を私のカートの上にのせて下さい。重たくて大変でしょ」と思い切って私は声をかけてみた。「すみません」若いお母さんは、そう言って荷物をのせた。お母さんの前に並んでいた方が、「もし、差し障りなければ、赤ちゃん、抱っこしてもかまわないかしら？」と話しかけていた。「それは、申し訳ないです」というお母さんに、「さっきから、うずうずしてたのよ。ダメかしら？」と笑ってみせた。大先輩に抱っこされて、まだ人見知りが始まっていない赤ちゃんは泣き止んだ。赤ちゃん返りをしているお兄ちゃんも、お母さんから下りなくて済んだ。会計が済み、袋づめの作業も、なんだか流れで手伝った。赤ちゃんを抱っこしていた先輩ママさんは、孫が離れて暮らしているので、赤ちゃんを見ると、抱っこしたくてたまらないのだと言いながら、若いお母さんを応援した。お兄ちゃんを抱いたその若いお母さんの目から、大粒の涙がこぼれ落ちた。「ありがとうございます、すみません」そう言いながら、涙は止まらなかった。お兄ちゃんも、妹の方も、同時に風邪をひいてしまい、長い間ずっと家から出られなかったようだ。久しぶりに買い物に出かけようと、久しぶりに化粧をし、久しぶりにかわいい洋服を着てみたのだけれど、結局お兄ちゃんの赤ちゃん返りと、下の子に振り回されて、かえってしんどい思いをする羽目になってしまった。気づいたら、ご主人以外の大人と会話するのは、二週間ぶりだった。それが、私たちということだった。あまりに自分と境遇が似ていたので、思わずもらい泣きしそうだった。

転勤族で、実家から遠く離れた全く土地勘のないところで、最初の出産をし、二人目を授かって子育てど真ん中の時、私も彼女と全く同じだった。弟にヤキモチを焼いて、赤ちゃん返りをしたのは、二歳のおねえちゃん。おねえちゃんを抱っこして、弟をベビーカーに乗せていた。どうしてもダメな時は、おねえちゃんを抱っこして、弟をおんぶして、ベビーカーに荷物を積んだりしていた。

おねえちゃんのさなえは、なんでも他人より遅い子だった。おむつだけは少しばかり離れるのが早かったが、ハイハイも、アンヨも、ストローで飲めるようになるのも、靴が履けるようになるのも、おしゃべりも遅かった。そして一番辛かったのは、ごはんを食べないことだった。一生懸命作ったら、子供は食べてくれるものと思い込んでいた。好き嫌いは周りの大人の責任で、美味しそうに大人が食べていたら、子供はなんでも食べるようになるものだと信じて疑わなかった。が、その考えが全く通用しなかった。同じくらいの子供を持つ母親同士で集まると、みんなが「うちの子は食い意地が張っていて困る」「食べすぎじゃないかって心配になる」などと話をしているのが羨ましくてたまらなかった。

当時、そんなさなえと、まだ赤ちゃんだった弟の亮を連れて、よく買い物に行っていたスーパーの中に、クリーニング屋さんと写真屋さんがあり、そこのおばちゃんたちと仲良くなった。暇さえあれば娘と息子の写真を撮っていたのだから、話をするようになるまでに時間はかからなかった。そこで「可愛い可愛い」と言って娘と息子をあやしてくれる先輩ママさんたちに、私はよく弱音を吐いた。「どうしていつもうちの子だけ遅いのか」「一回くらい、自慢してみたい」と、今思えばくだらないことをこぼしていた。忙しく働いていらっしゃるところでお恥ずかしい限りだが、真摯に向き合って聞いてくださった彼女たちには、本当に感謝している。もう娘さんが社会人になっていると話していた先輩のクリーニング屋さんが、子供のことで、いつもいっぱいいっぱいになっている私にこんなことを話してくれたのを覚えている。「食べないのは食べたくないいんやろ。お母さんが一生懸命作ろうが、子供にしてみたら知ったこっちゃないもんなぁ。生活リズムだ何だって言って、マニュアル気にしてたって、上手いこといかん時は、いかんのよ。正味の人間なんやから。腹減ったら食うわ、くらいに気楽にかまえてみ。

お母さんの肩の力が抜けたら、きっと子供も食べるようになるって。それに、他人より何か早くできるようになった言うて、気持ちいいんは大人だけ。そのうち、うるさい言うくらいしゃべるようになるって。放っといたら大丈夫。大丈夫やで！」この時、私も今、目の前にいるお母さんのように泣いてしまったような気がする。一人で背負い込んで、頑張らなくちゃ、と歯を食いしばって毎日を過ごしていた。そんな追い詰められたような母親が美味しいごはんを作れるわけはないのだ。優しい言葉で溶かされた気持ちは、なかなか止まらなかった。

彼女たちとは、今でも年賀状のやり取りが続いている。若いお母さんの背中を見送りながら「大丈夫、大丈夫よ」と、私もあの時の彼女たちと同じ気持ちでいた。

前を向いて逃げよう

小学校の一年の時から、私はエレクトーンを習っていた。ヤマハのエレクトーンは当時はまだポピュラーではなかったのか、デパートや繁華街でよくデモ演奏をしていた。長い髪の綺麗なお姉さんが、リズムを響かせて、電子音でアニメソングやヒットソングをアレンジして弾いている姿は、子供の目にそれはかっこよく映った。私は、両親に頼んで近くの教室に通うようになった。赤や黄色、緑に白のつまみが二段の鍵盤の上に並んでいる。音色を変えるためのものだ。ボタン一つで、エイトビート、ワルツ、マーチのリズムも流れてくる。それは、楽器ではなく、もはやマシーンだった。テレビで見るライディーンやヤマト、マジンガーZのコクピットに似ていた。電源を入れるたび「パイルダーオン」と言っては、気分は兜甲児だった。

エレクトーンは、そんなに優等生だったわけではないが、すきだった。一年生から習い始めて、高校三年の受験の時も続けていた。「気分転換」と言っては弾いていて、「気分転換の方が長いような気がするよ」と注意された。先生にも「ゆきちゃんは、定期考査中の方が、曲の仕上がりがいいね」と心配されたりした。

人間何事も逃げ場というのは必要だ。ストレスを発散とまでいかなくても、上手に逃がしてやれる場所があると楽だ。そしてそんな場所が、生活を送る中で意外に大切な要素を占めている。私にとって音楽とはそんな場所だった。二人の子供もエレクトーンを習っている。毎月月謝を払って、発表会、コンクールと予算はかかるが、いつか元をとってほしいと思って習わせているわけではない。大人になって、音楽のある人生は、とても豊かだと私が思ったからだ。二人にとっても、良い逃げ場になったらいいなぁとも思う。

まれに、「買い物癖」とか「大食い」などでストレス発散する方がいる。大金持ちの方なら問題ないだろうが、我々一般の主婦では買い物で発散するのは難しい。また、「大食い」は、後で余計に落ち込みそうだ。そこで、普段なかなか手が出そうで出ない、ちょこっと贅沢な買い物を一つしてみる。「ベーコンを塊で買ってみる」とか。「マーガリンを発酵バターにしてみる」とか。「箸で持ち上げても黄身が崩れない卵を買ってみる」とか。どうしても私の場合、食べるものの例しか出てこなくて恐縮だが、友人では「百均で収納グッズを購入し、部屋の模様替えをする」というのがあった。裁縫の好きな友人は、「可愛いボタンやハギレをいっぱい買ってくる」とか。ウォーキングを日課にしている方は、「いつもとコースを変えてみたり、距離を増やしたりする」とか。全部、非常に建設的なすぐできるストレスの逃がし方である。

美味しいものを買って、ご馳走を作って食べてもらったら、何にイライラしていたか忘れてしまう。部屋の中が綺麗に片付いたら、気持ちもスッキリする。好きなことをして、心に風を通したら肩の力も抜けてくる。

ストレスを感じてくじけそうになったら、前を向いて逃げよう。全然後ろめたいことではない。向き合ってばかりじゃ出てこない答えもある。答えなんて始めっからないこともある。簡単に「キレル」なんて言葉を使ったりしないで、上手にストレスと付き合えるようになりたいものだ。

トラウマは給食

さなえが、幼稚園に行きたくないといつまでも言っていた理由に「給食」がある。これは、中学をもうすぐ卒業しようかという歳になっても直っていない。さすがに今は、それ以外の楽しさや、やらなければいけないことで忙しいため、口には出さなくなったが、まともに食べてこない。でも、本当によろしくないのだが、母である私も給食が苦手だったため、娘に強く言えないのである。

ランドセルの蓋には、みんな時間割の用紙が入れてあったが、私は、給食の献立表を入れていた。「ここには、時間割表を入れなさい。こんなことをしてるから、ゆきちゃんは忘れ物が多いのよ」と先生に注意されて、初めて「そうだったんだ」と気づいた。給食が好きだったからではない。お昼に何が出てくるか、あらかじめ覚悟しておく必要が私にはあったのだ。「どうして味噌汁にコッペパンなの」「なんで缶詰のみかんときゅうりがマヨネーズで和えられてるの」「焼き魚の日も、牛乳飲まなきゃダメ?」「アルミの食器で出される汁物は、アルミの味がする」と、生意気な子供だった。

「給食センターの方たちに、いつも美味しい給食をありがとう、とお手紙を書きましょう」と国語の時間に先生に言われ、原稿用紙を何枚も使ってお願い事を書き連ね、職員室に呼ばれた。今で言うグルメであったわけでは決してない。好き嫌いは、ほとんどなかった。出されたものはなんでも食べた。でも、給食は違った。規定の時間内に、決まった分量を静かに食べなさい、というシステムが嫌いだった。あったかいものも、冷たいものも、みんな同じ温度で出てくるのも嫌いだった。魚だろうが、お肉だろうが、洋食でも、和食でも、全部同じ「給食の匂い」がするのが不思議だった。全部食べるまで昼休みに遊びに行けないのも大嫌いだった。

「せめてアルミから陶器にならないかな」「ご飯の時は、お箸にしないかな」「トーストできないパンなら、もうちょっと柔らかくならないかな」。三時間目になるとお腹がすいてくる。給食の匂いが教室にも流れてくる。そんな時、いつも頭の中は授業が半分になって、そんなことばかり考えていた。

「食育」などという言葉が流行り、母親をターゲットにあちこちで講演が開かれだしたのはいつごろからだろう。美味しい給食で学力アップなんて騒がれだしたのは、ほんのつい最近のように思う。料理雑誌のコーナーに給食のレシピが紹介されている本が並んでいる。覗いてみると、そこにはめくるめく給食の数々が掲載されていた。何十年の時を経て、あの時書いた私の作文が関係者に届いたのではないか！　三十数年も昔に、私が不満に思っていたことがものの見事に解消されている。私って、給食改革のパイオニアだったんじゃないだろうか。いや、残念ながら私は文句を言っていただけだ。ということは、私と同じ思いで給食を食べていた子供たちが、実は、いっぱいいたということか。是非、小学校の時に出会って、互いの思いを熱く語り合ってみたかった。だいたい「食べられるだけで、ありがたいと思わなければいけない」とお説教をされ、飢餓で苦しんでいる国の子供たちの話をされた。その度に「時代がちがうよ」「ここは、日本なのに」と心の中で反発していた。

学校に行ったら、おいしい給食が食べられる。そう思ったら、多少嫌いな教科がある日も頑張れる。嫌いな先生も、我慢ができる。そうはならないだろうか。絶対に学力アップにつながると思う。そして是非、「何分以内にとっとと食べて片付けなさい」のシステムをなくしてもらいたい。もちろんある程度の決まった時間は仕方がない。が、五分、十分で支度から片付けまでというのは、あまりにせわしない。学校は勉強をする所。決してお食事処ではない。でも、おいしい給食、楽しい給食時間は、午前中のやる気を、午後からの充実度を上げてくれることと思う。まだまだ、本に掲載されるような給食が出る都道府県は少ない。給食が変わってからの学力の違いをグラフにし、どうかこの波を、一時の流行にしないでほしい。給食が嫌だから、幼稚園に行きたくない、小学校に行きたくない、なんて話は、過去のものにしてほしい。

思いを形に

私が、高校一年の頃、父は勤続何十周年とやらで、ヨーロッパに行っていた。帰ってきてから、山のような写真を見せて、スイスやフランス、エジプトでのエピソードを語って聞かせてくれた。どれもこれも面白く、初めての海外旅行にしては、あまりにアグレッシブな父の行動に、よく生きて帰ってきたものだと感心した。首から下げていたカメラに、たくさんの思い出を残して父は帰ってきたつもりらしかった。しかし、私や母に見せながら、父が、「これ、何の時の写真かな」「これなんで撮ったんだっけ」という写真が何枚もあった。一番撮りたい被写体が半分に切れていたり、他の物で邪魔されていたり、素人が感情の赴くままにシャッターを切った数々の思い出は、お世辞にもいい物ではなかった。「せっかく素敵な景色を見てきても、これではなぁ〜」。私たちに「下手くそ」と言われる前に、父は落ち込んで見せた。実際父の撮ったアルプスの写真より、父の口から発せられるアルプスのお話の方が、よく伝わってきた。

絵を描く人は、きっと思い出にしたい景色を一枚の絵にするように、カメラマンは、その景色にレンズを向けるように、父は、思い出を文章に残すことにしたようだった。忘れてしまう前に、と毎晩遅くまでワープロとにらめっこをしていた。「残す手段のある人はいいわね」と父にお茶を持っていく母が、ポツンと言った。「お母さんにも料理がある」と口に出しては言えなかったが、私はそう思った。家族の心にはきちんと残っている。受け継いでいく手段は、色々あっていい。母が残してくれたから、私は料理ができている。そして、小さいけれど、今は料理教室なんかも開いている。手間を惜しまないこと。丁寧に作ること。簡単なものでも、器に綺麗に盛り付けること。一つ一つ、教えてもらった。ありがたく思っている。

つい先日、子供たちがエレクトーンを習っている関係で、「窪田宏さん」というプレイヤーさんの演奏を聞く機会があった。エレクトーンは、ピアニストとかヴァイオリニストといった言い方をせず、プレイヤーとか、少し違うが、アレンジャーと言ったりする。子供のためにと言いながら、一番行きたがっていたのは私であった。たくさんの有名曲が披露される中、「熊野古道が世界遺産に登録された記念に、熊野古道をイメージした曲を作ってみました」と言われ、弾いてくださった。母の郷だったこともあり、懐かしい風景を思い出しながら、うっとりと聞いた。川のせせらぎ、鳥の鳴き声も聞こえた。音楽を聴いているのに、木漏れ日を感じたり、風を感じたりした。目に映っているのは、エレクトーンを弾く窪田先生の姿のはずなのに、その奥にいっぱいの緑の広がりが見えた。素晴らしい演奏だった。「熊野古道」を、音楽家は、楽譜に残せるんだ。音に変えて表現ができるんだ。心から感動を覚えた。

美容師さんは、お客さんのなりたいイメージを聞いて髪を切ってくれる。優しいとか、かっこよくとか、かわいいなどの注文を聞いてその人に合ったヘアスタイルを作ってくれる。フラワーアーティストさんは、どんな人に贈る、何のための花束なのかを聞いて花束を作ってくれる。設計士さんは、その家に住む家族の暮らしを聞いて、暮らしやすさを考えて定規で線を引く。

形として存在しないものを、形に残す術を人間はたくさん知っている。凡人の私も、母の残してくれた料理の腕前で、家族の笑顔をイメージしながら今晩の献立を形にするとしよう。

残酷な天使に粘土を

「大きくなったら、粘土になりたい」

幼稚園の年少の時、私がなりたいものは、粘土だったそうだ。最近では、芸能人の方々がテレビで「唐揚げになりたい」とか「メロンになりたい」といった子供のちょっとおかしなエピソードを公にしてくださるので、そういった回答も余裕をもって、笑い話の一つとして捉えてもらえるかもしれないのだが、時代は、昭和四十年代の後半。男の子は野球選手、女の子は、かわいいお嫁さん、もしくは、お花屋さんやケーキ屋さんと相場はおおよそ決まっていた。そこへ「粘土」である。親も、担任の先生も少々深刻に心配したそうだ。素晴らしく斬新な回答ではないか！　と私はうっとりするのだが、心配するにはわけがあったようだ。晴れた日、みんなが園庭で元気に遊んでいる時も、私は一人、何やらブツブツ独り言を言いながら粘土をこねていた。「ゆきちゃん、みんなとお外で遊ばないのかな?」と先生が聞いても、ひとり遊びに没頭している私は、知らん顔だったそうだ。私にしてみれば、決して先生を無視しているわけではなかったと思う。ただただ、夢中になっているだけのことなのだ。その入り込み方がちょっとだけ、他のお子様と違うだけのことなのだ。私は、「粘土になりたい」と答えたことは記憶にないが、何故一人で遊ぶようになったのかはよく覚えている。

私の両親は三重県出身。そして私が生まれたのは愛知県。距離にしてほんの数百キロのことなのだが、この距離にたくさんの言葉の壁があった。「半分こ」を「もうやっこ」と言った。「黄色」を「きいない」と言い、卵の「黄身」を「きいみ」、昆虫の「蚊」のことを「カンス」と言った。「仲間に入れて」と友達に言う時は「まぜて」と言った。ただでさえまだまだ語彙の少ない三～四歳の子供がこの方言の違いについて行けるはずがなかった。「ゆきちゃんの言葉変！」そう言われておしまいだった。親から教わった言葉の何が悪いのか。何が変なのか。どうして伝わらないのか。分かるはずがなかった。私は、多分深く悩むこともなく、それなら一人で粘土をコネコネして遊んでいよう、と方向転換をしたに過ぎなかったのだと思う。いじめられていると認識できるほど思考能力が発達していなかったのだとも思う。手もとで色々な形に変化し、何にでもなれる粘土は、私の想像力をいっぱい鍛えてくれていたことだろう。気持ちの良くなった私は、歌を歌った。本人は無意識のうちに「あなた～のため～に～、守り～通した女～の操～」とやらかしてしまった。いつも、寡黙な?子供が、気でもふれたのか、ご機嫌で演歌を歌っている。外で遊んでいたクラスメイトがなんだか集まってきていた。先生が「シー」とみんなに人差し指を立ててウインクをした。二番までしっかり熱唱したら、周りから大きな拍手が起こったそうだ。聞きなれない言葉を喋り、一人で黙々と粘土をこねている女の子は、同じ年の子供たちからしたら不思議ちゃん、いや、不気味ちゃんだったのかもしれない。その子が、意外にも普通ちゃんだったことが判明した瞬間だったのだろう。その日以来、私はなんとなく周りに受け入れられていったのだそうだ。

私は、子供は大好きだが、それと同時に、世の中で一番残酷な生き物だとも思っている。毛深くて悩んでいた私に、「ゴリラみたい」と腕の毛を引っ張りながら言う子がいた。転んで頭を怪我して、十円玉代のハゲができてしまった男の子にハゲさんとあだ名をつけた。ぽっちゃりしている女の子をデブ、ブタと呼び、小さい子をチビと冷やかす。勉強の遅れている子をバカと呼んで笑い、「〇〇菌!」などと言っては汚いもの扱いをする。大人では、考えられない残酷さで、たやすく友達をぶった切る。それが子供という生き物だ。

が、子供たちは、そう言って笑ったことをすぐに忘れる。目先の楽しいことにすぐ気を取られていく。言っていた方も、言われていた方も簡単に仲直りをする。「ゆきちゃんの言葉変!」と突き放した子が、大きな拍手をくれたように。くっついたり、離れたりして自分たちの社会のルールができていく。昨日までの加害者が、今日は被害者で泣いている。被害者になって初めて、昨日の自分を反省する。残酷な生き物は、素晴らしい成長をし、たくましい一人の人間になっていく。幼稚園、小学校の間にそんな社会でしっかり揉まれて思春期を迎えたい。そして、思春期には思春期なりの社会に、これまたしっかり揉まれて大人への階段を確かな足取りで上ってもらいたい。一段抜かしや二段抜かしで急ぐ必要はない。

自分が大人と呼ばれる歳になり、親になり子供の成長を見守る中、ニュースから悲しい話が聞こえてくると、耳を覆いたくなる。いつから、子供の社会に大人が入り込みすぎたのか。子供の本来持っている残酷さ、正直さをメディアが大人目線で騒ぎ立てすぎたからか。実際に、子供たちが変わってきているのだろうか。悲しい話は後を絶たない。

他人から言われた言葉で、ひどく傷ついたことなど何度もある。また同時に、私が何気なく言った言葉で、同じように人を傷つけてしまったこともあるに違いない。でも、いつもそこから、何度でも立ち直ってこれたのはやっぱり、粘土をこねながら培った想像力があったからだと思う。本を読むことでもらったたくさんの言葉が助けてくれた。あったかい毎日のごはんが勇気と優しさを与えてくれた。これは間違っていないと思う。厳しい子供社会のルールの中で生きている我が子のために、大人の我々ができることは、その社会に入っていって善悪を判断してあげることではなく、被った被害を声高に主張するのでもなく、子供がきちんと向き合えるように、勇気と自信をつけてあげること。毎日のご飯とたくさんの言葉で抱きしめてあげること。なんじゃないかな、と粘土の代わりにハンバーグをこねながら思ってみたりする。

「ただいま」の声で、お母さんは、なんとなく分かる。今日一日、どんな日だったか。自分で解決できる問題なら、それが一番いい。もし、解決方法に迷っているなら、友達に相談したらいい。一緒に考えてくれる友達がいるのなら、そんな友達がいる自分に自信を持てばいい。でも、もし、本当にどうしたらいいか分からなくなったら、ハンバーグをこねながら「おかえり」と言ったお母さんのところにおいで。そして、一生懸命、何を悩んでいるか、自分の力で言葉にしてごらん。言葉にできたなら、きっと半分は解決している。お母さんは、必ず一生懸命聞くよ。言葉の選択が難しい時は、一緒に考えるよ。多分、世の中の大半のお母さんが、そう思っている。大切な、大切な我が子のことを。

私は、そう信じている。

雨女は分かってきた

運動会、遠足の前日、よろずの神々に祈り倒して、てるてる坊主を作り、「明日天気になあれ」と楽しみにしたものだ。おかげで、大事な日に雨が降って、流れてしまったという思い出がない。しかし、だんだん年をとってくると前日に天気ごときで、それほどの労力を使わなくなってくる。それが災いを呼んでしまうのか、どういうわけか、社会人になる頃、私は雨女になってしまった。毎回ではないのだが、楽しみにしている行事の前日、張り切ると雨、もしくは嵐を呼んでしまうようになってしまった。仲良しの同期の友人とスキーに行くと、必ず一日ブリザードの歓迎を受ける羽目になる。リフトの列に並びながら、「また張り切ってしまったんかいな」と文句を言われた。遊園地に遊びに行く計画は、当日知らされるようになり、私自身の対応が大変だった。

出産後も、それは直ることがなかった。家族でキャンプに行こうと計画し始めると、台風が接近してきた。バーベキューを終え、片付けを済ませてから雨が降り始め、就寝の頃には、すっかり暴風雨になり、テントの中に浸水してきたことがあった。夏の終わりに行こうとするから台風が来るのだと季節を冬にすると、今度はヒョウが降った。長い滑り台で子供たちを遊ばせるために行ったキャンプも、季節外れの雪に降られ、一日中ロッジの中で座布団を投げ合って遊んだ。「これならわざわざお金をかけて来なくても、家でできるじゃない」と悲しくなっている私をよそに、主人も、子供も大はしゃぎしていた。テレビのない、電話もかかってこない長い夜。家族四人、延々大貧民をした。テーブルピンポンで勝ち抜き戦をした。座布団を重ねて、子供を上に乗せ、大人がだるま落としの要領で真ん中の座布団を引っこ抜くなんて危険なこともした。移動中の車の中も、景色があまり見えないことが多いため、私たち家族は、やたらとしりとりが強くなった。古今東西の遊びも、「指スマ」という出した親指の数を当てっこするゲームも強かった。

普段、言う事を聞かない、落ち着きのない二人の子供たちが、キャンプ場では、よく手伝った。なんせ雨が降っている。素早くテントを立て、タープを組む必要がある。何回か経験している間にものすごいチームワークが生まれた。もちろんご飯も一緒に作った。火をおこす男性陣。仕込みをする女性陣。毎回バーベキューでは飽きるからと、「芋煮に秋刀魚、炊き込みご飯」とか「ポトフにパスタ、ガーリックトースト」「パエリアにローストポークとサラダ」「チーズフォンデュに手づくりパン」などなど、行く前から献立会議をし夕食の時間を楽しんだ。フライパンで炊いたご飯や、一斗缶で作る燻製は出来栄えがイマイチでも工程が味になった。失敗しても、みんなで笑った。少々こげても、切ったはずの野菜がつながっていても、どれもみんな美味しかった。

雨が降った翌日、山あいに虹がかかった。前日のパンの残りを釣り竿につけて、小さな魚を釣った。一緒に雨のキャンプを味わったほかのテントの子供たちと仲良くなって、大缶けり大会なんてこともやった。

「何時までに何をしなさい」「何時だからお風呂に入りなさい」「もう寝る時間よ」と言っては号令をかけている日常より、よっぽど子供たちは、言う事を聞いた。外の空気が大人をおおらかにしているのか。たっぷり向き合って遊ぶからなのか。その両方なのか。大人の我々も、考えさせられることがいっぱいあった。

私が小さい時は、キャンプはなかなか難しかったが、晴れた日曜日には、よくお弁当を持って父と母と近くの川の土手に行き、ダンボールで滑って遊んだ。近所の友達も一緒に一日中レンゲを摘んだり、凧をあげたり、相撲をとったりして暗くなるまで遊んだ。親が一緒に遊んでくれたり、そばで見守っていてくれると、なんだか安心した。普段友達同士で遊んでいる時にはない楽しさもあった。

私が最初に娘を出産した時、父が「小さい時は、いっぱい遊んでやれよ。特別なことは何もいらない。一緒になって遊んだらいい」と言ったのをよく覚えている。「必ず子供は一度、親から離れていく。それが当たり前の成長だ。でも、子供の時に見守られていた、向き合ってもらった記憶のある大人は、必ずもう一度親のもとに帰ってくる。物理的な話ではないよ。ありがたさってやつがわかるようになるんだよ」そんなことも言っていた。

雨の中、毎回楽しくキャンプをしていた二人の子供たちは、中学生になった。休日は、部活や勉強。友人と遊ぶことで忙しくなってきた。父が言うところの当たり前の成長に差し掛かっている。離れていく子供たちの背中をちゃんと見ていてあげたいと思う。これから子供たちがどうなっていくのかは分からないけれど、一つだけ確かなことは、私は、両親のところに戻ってきたということだ。物理的なことではなく、ありがたさってやつが分かってきたのだと思う。

二人の小さなサンタさん

（第17回読売新聞主催子ども未来賞受賞作）


「ゆきちゃん、今年はねぇ、おばあちゃんの所にサンタさんが来たんよ」

年末の忙しい最中（さなか）に、母からの電話はやぶからぼうに始まった。

「サンタさん!?」とうとう母も……と心配になった私は、少し大きな声で聞いた。

「そう。かわいいサンタさんが二人も」そう言った後の母の話は、涙声となり、電話ですべてを聞くのに小一時間はかかっただろうか。

三十も後半の娘をいつまでも〝ゆきちゃん〟と呼ぶ少々とぼけた母は、私が幼い頃から病気がちだった。中学を過ぎて高校に上がったくらいだったろうか、母の左手が麻痺しはじめた。さんざん痛みに悩まされた末の麻痺。熱い冷たいが分からなくなり、ひどい火傷を繰り返し、茶碗を割り、スーパーで小銭をひっくり返し、毎日欠かさず手を合わせていた神棚の前で、柏手が打てなくなるまでにそんなに時間はかからなかった。大きな大学病院で、研究材料として、たらい回しにされ、ようやくついた病名が「脊髄空洞症（せきずいくうどうしょう）」だった。よほど怖い思いをしたのだろう。退院してきた母は「もう二度と病院へ行かない」と私達家族に宣言した。

あれから二十数年、その不思議な病気が、母の体の中で少しずつ進行する中、私は結婚し二児の母親となった。そして、私の小学3年になる娘と1年の息子は、このとぼけたおばあちゃんが大好きだった。何か理由をつけては、子供達だけでお泊まりに行きたがる。しかし、絶対に怒らない、何でもOKと笑って許してしまう、そんな無法地帯に子供だけほうり込むのは、親としては非常に心配だ。私はできる限りいつも同行していた。

それを、この年の12月23日は、初めて解禁した。「いい子にするのよ」「わがまま言わないのよ」「兄弟ゲンカしちゃだめよ」「おばあちゃんは、左手と左足が不自由だから、大事にしてあげて」……沢山の注意事項と共に、預けたのだった。

「おばあちゃん！　今日はクリスマスイヴの日なんだよ」

「おばあちゃん！　サンタさんにお手紙書いた？」二人は、おばあちゃん家に着くなり、競い合って話しだした。座っているおばあちゃんのひざに手をついて、ピョンピョン跳ねながら。

「おばあちゃんの所へはサンタさんは来ないんだよ」おばあちゃんがそう言うと、二人は「じゃあ、おばあちゃんのお願い事はどうなるの？」「おばあちゃん、かわいそう！」と大きな目をまん丸にして心配した。

「おばあちゃんの所へは、さなえちゃんとりょう君が来てくれたから、もう願い事はかなっちゃったよ」おばあちゃんは、そう言って二人を安心させてやろうとして、二人のあまりに深刻な表情を見て言葉につまり、「大丈夫」と答えるのが精一杯になってしまった。

一緒にごちそうを囲んで、ケーキを食べてお風呂に入った。「おばあちゃんの左手は、今さなえとつないどんよ（つないでるんだよ）」そう言って、つないだ手をおばあちゃんの目の前に持ってきた。「お風呂に入って、あったかくなりよんよ（あったかくなってるんだよ）」弟のりょうは、その手を湯ぶねにつけておばあちゃんに教えた。「ほんとだね」「ありがとう」そう言った母の顔は、くしゃくしゃだったにちがいない。

翌日24日、クリスマスイヴの日、私の迎えを待っている母にさなえはこんな事を言った。「おばあちゃん、今夜はちょっとコワイけど窓の鍵を1個（いっこ）だけ開けとってな。サンタさんが入ってくるけん」「ぼくたちがお願いしてあげたけん、ちゃんとサンタさん来るけん」弟のりょうも言った。二人は、わざとおばあちゃんの左手の小指と指切りして私の車に乗り込んで来た。

急に静まりかえった家の中で、母はすき間風にパタパタ揺れる手紙を見つけた。そこには、二人の文字でこう書いてあった。

「サンタさんへ。さなえは何もいらないのでおばあちゃんの左手を治してあげて下さい。

サンタさん、今年は、ぼくんちに来なくていいから、おばあちゃんちに行ってあげて下さい」

受話器ごしに震える母の声を聞きながら気づけば私も泣いていた。

「ありがとう、ゆきちゃん。最高のクリスマスやったわ」長い電話は、そう言って切れた。

「子育て」という言葉は、いったい子供がいくつからいくつになるまでの期間をそう呼ぶのだろう。身の回りの世話と家事に翻弄され、戦争のような毎日が私にもあった。でも真剣に向き合っていたなら、子供達はこんなふうに、ふっと答えをくれる瞬間がある。「あなたの子育ては、間違っていない」と。

あれから6年、生意気ざかりの二人だが、母も私もあの年のクリスマスを忘れない。二人の小さなサンタさんが来た、あの日を。


（『読売新聞』２０１４年1月27日掲載）

このエッセイを書くにあたって

このエッセイを書こうとパソコンに向かうようになってから、三歳、五歳、小学三年生に中学生、高校生に社会人の時の私が、今の四十四歳の私の中に住んだ。本人もびっくりするほど鮮明に、色を付け、音を付け、匂いに味までつけて頭の中にはっきりと蘇ってきた。思い出を辿っていきながら、腹が立ったり、悲しくなったり、笑えてきたりした。強い一人っ子と言いながら、全然強くない、泣き虫で弱虫に成長した私が書いていた。

「食」に関することと、いささか脱線してしまった話も含めて、エピソードを書きながら何度も思ったことがある。有名人でもないどこにでもいるおばちゃんの、自分史みたいな話を、誰が好き好んで読むだろう……と。誰かが殺されて、犯人が誰かわからなくて、ドキドキハラハラするような話でもなければ、勉強になる話でもなく、新しい発見があるわけでもない。これで、作品として成り立つんだろうかと。でも、思い直してまた書いたのは、「そういうこと、あるある」と同じくらいの主婦の方に思ってもらえないだろうか。「そうだったね、昔は」と懐かしく思い出してもらえないだろうか。また小さい子供を持つお母さんに「私んちだけじゃないんだ」と安心してもらえないだろうか。そんなことを考えたからだった。

　テストでとんでもなく悪い点を取ったとき自分と同じ、もしくは自分より下の点数の友達を発見すると、高得点の時にはない一体感が味わえたことはないだろうか。目くそ鼻くそを笑い、どんぐりの背比べをした友達と共有する妙な安堵感。なんとなく、私の話を読んだら、そんなゆるい気持ちになってもらえるんじゃないだろうか。「こんなアホもおるんやな……」と。そんな思いを勇気に？書き進んできた。

「何はなくとも、食べよう」「食べたら元気が出るよ」。人間の、生きていく道の真ん中に「食べる」があると思う。泣きながら食べるご飯も、熱がある時のお粥も。喉が痛いときのはちみつれもんも、失恋の時のアルコールも。やけになって食べるスイーツも。みんな必ず、その人の身になっていく。味になっていく。失敗も、成功も、いっぱい経験して大人になった方がいい。親になった方がいい。絶対にいい。本当にそう思う。ハンドルの遊びみたいなものは、失敗をたくさんした人にしか与えられない。余裕の香る大人は、何度もいっぱいいっぱいになったことのある人しかなれない。間違いない。三十代も、四十代も、毎日頑張ろう。子供の時に思い描いていた大人とのギャップを日々思い知りながら。いっぱいいっぱいの毎日を、面白がりながら謳歌しよう。まだまだこれからの私たちの人生のために。

子供が、大きくなってきて、心にすきま風が吹いてきた。軽い脱力感と寂寥感が押し寄せてきたりする。でも、五年後の家族みんなが元気でいられるために、今日のごはんが大切だ。「お母さん」という職業は、そんな家族の健康の中枢をになっている。自信を持って、「お母さん」を全うしよう。

私の、拙い文章が、一緒に悩んでいるお母さんの胸に届きますように。

工藤　ゆき（くどう　ゆき）

1969年愛知県生まれ。神戸の女子大を卒業後、名古屋の医薬品の卸にて２年半OLとして勤務。その後、医薬品、医療機器のメーカーに転職。現在の夫と出逢い、1997年に結婚、２児の母となる。愛媛、香川と転勤を経験し、現在福岡に在住。

強い一人っ子の作り方

2015年12月17日　初版発行

著　者　工藤ゆき
発行者　中田典昭
発行所　東京図書出版
発売元　株式会社 リフレ出版
〒113-0021　東京都文京区本駒込 3-10-4
電話 (03)3823-9171　FAX 0120-41-8080
印　刷　株式会社 ブレイン

ISBN978-4-86223-919-8 C0095
Printed in Japan 2015
日本音楽著作権協会（出）許諾第1513230-501号
落丁・乱丁はお取替えいたします。

ご意見、ご感想をお寄せ下さい。

［宛先］〒113-0021　東京都文京区本駒込 3-10-4
東京図書出版